濱地健三郎の霊《くしび》なる事件簿

JN030233

角川文庫
22030

目次

見知らぬ女

　JR新宿駅《しんじゅく》の南口から出て、パークハイアットの威容を正面に見ながら甲州街道《こうしゅう》を西に下る。地図を確かめて左に折れ、幅三メートルほどの道を小田急《おだきゅう》の南新宿駅の方向へ歩きだすと超高層ビル群は視野から去り、低層のマンションやオフィスビルの間にぽつりぽつりと個人商店が現われる。これまで足を踏み入れたことがないエリアなので、道を違《たが》えないように注意した。もとより方向感覚にはあまり自信がない。

「……ここだわ」

　五分ほど行ったところで、宮戸《みやと》多歌子《たかこ》は四階建てのビルを見上げて声に出した。二階の窓に金文字の表示がある。迷わず目的地にたどり着けた。

　両隣も向かいもまだ新しい建物なのに、そのビルはひどく古びていた。灰色の外壁は陰鬱《いんうつ》にくすみ、化粧タイルが剝《は》がれ落ちたままのところもある。一階は何かのデザイン事務所らしいが、すりガラスが嵌《はま》っているので中の様子は見えない。こんなみすぼらしいところに入居しているのだから、ささやかな会社なのだろう。

ビルの右手に二階へ続く階段があった。ここまできて引き返すわけもないのに、それを上る覚悟がなかなか決まらない。犬を連れたサンダル履きの老人が、逡巡《しゅんじゅん》する彼女をちらりと見て通り過ぎたが、特に不審がっているようでもない。この近所の住人らしいから、また迷っている人がいるな、とでも思っているのかもしれない。

腕時計を見ると午後二時五十分。電話で予約した時間より十分早いことを、ぐずぐずする自分への言い訳にしつつ、何をどうしゃべるか、頭の中でもう一度整理することにした。おまえは順序立てて説明するのが下手だ、と夫によく言われる。そう思うのなら一緒にきて自分が話したらいいのに、とあらためて腹が立った。彼のことで相談をしにきたのだ。

夫の心身にただならぬ危機が迫っているようで、誰かに相談せずにいられなかった。それだけでなく、ふと視《み》てしまったものが恐ろしくてたまらず、この恐怖を払ってもらわなくては平穏な日常を取り戻せない。

でも、これから訪ねる相手は本当に信頼できるのか？　今さらのように不安が込み上げ、おのれの優柔不断さが苛立《いらだ》たしくなる。

――大丈夫。インチキじゃないから。きっと多歌子の抱えている問題を解決してくれるわ。

そんな友人の言葉を思い返して、勇気を振り絞る。大学を卒業して以来十五年目にして街で再会した友人は、ぽろりとこぼしたひと言から多歌子の悩みを察し、「ぜひここに行って」と半ば命じるように勧めた。友人は、生きるか死ぬかの瀬戸際から救ってもらったのだという。プライバシーに深く関わるらしく、具体的な話は教えてくれなかったが。

三時になった。上がっていかなくては、と二階の窓を見上げたら、若い女らしき人影がすっと引っ込む。お客がもうくる頃だ、と外を窺《うかが》っていたのかもしれない。ハイヒールの音を響かせながら、多歌子は薄暗く急な階段を上った。藁《わら》にもすがる思いで、友人もここを上がったのだろう。階段の先に見えているドアが近づくにつれ、多歌子の緊張はいよいよ高まっていった。

濱地《はまじ》探偵事務所。

ドアの脇の銘板にそうあるのを確認して、インターホンのボタンを押す。応答もなくすっと開いたドアの向こうに立っていたのは、アッシュブラウンの髪を後ろで括《くく》った女だった。白いブラウスの上に藍《あい》色のジャケット。さらに深い藍色のタイトスカート。青緑色の石がきれいなネックレスをしていて、齢《とし》の頃は二十代半ばに見える。先ほど窓辺にいた人物だろう。

「あの……三時にお約束していた宮戸です」

そう告げると、相手は無表情のまま小さく頭を下げた。

「どうぞお入りください」

入ってすぐの狭いスペースにコートや帽子を掛けるハンガーと傘立て。そこで体を左に九十度回転させると、事務所の全容が見渡せた。和室にすれば二十畳ばかりの広さで、奥の窓際に重厚な机がある。その向かって右側の壁面には書籍やファイル類が並んだキャビネットとパソコンがのった事務机が一つ。華美なところのないオフィスの中で、窓際の机上に置かれたガラスシェードのランプスタンドだけがやけに装飾的だ。左側の壁際に応接用の黒革のソファとテーブルがあり、その横にフォーマルな感じのスーツに身を包んだ男が背筋を伸ばして立っていた。

オールバックに撫《な》でつけた髪型のせいだろうか、古い映画から抜け出してきたように映る。スクリーンが銀幕と呼ばれていた頃の映画に、こんな紳士がよく登場していた。そういう二枚目スターは現在の目からするとえてして老けていて、三十代後半ぐらいかと思っていたら実はまだ二十代だったりすることがあるが、目の前の男が何歳なのか、ちょっと見当がつかない。

――皺《しわ》の具合からすると四十二、三歳ぐらい？　いや、若そうに見えているだけで五十近いのかも。

などと思った傍《はた》から、ひどく老成した三十代前半にも見えてくるのだから奇妙だ。

「お待ちしていました。濱地健三郎《けんざぶろう》です」

よく通る落ち着いた声で言いながら、彼は内ポケットから名刺入れを取り、流れるような動作で一枚を差し出す。飾り気のない名刺に印刷された〈心霊探偵〉の四文字に、多歌子は非現実感を覚えずにいられなかった。

「これは助手のシマです。一緒にお話を聞かせていただくことをご了解いただけますか？」

探偵が言うと、ドアを開けてくれた女が会釈したので、多歌子は「はい」と応じた。

渡された名刺には、志摩《しま》ユリエとある。すらりと伸びた四肢と、仄《ほの》かに肉付きのいい健康的な頰をしていた。顔立ちも愛らしい。仕事が仕事だけに無表情を保っているが、デパートの地階で笑顔をふりまきながら洋菓子を売るのが似合いそうである。

どうして心霊探偵の助手などという特異な職を選んだのだろう？　もしかすると濱地は五十をとうに過ぎていて、ユリエは娘なのでは、などと多歌子は想像をたくましくした。姓が違うから、さすがに夫婦ということはあるまい。

「お掛けください」

探偵に勧められてソファに腰を下ろす。濱地が向かいに着席し、助手の志摩はコーヒーを運んできてから、斜め前の背もたれのない椅子に座った。

昨日、「宮戸多歌子をどうかよろしくお願いいたします」と丁重な電話があったことを探偵は話す。友人の心遣いに感謝した。

「いいご友人をお持ちですね」

「はい。彼女に紹介してもらわなかったら、ここへ参ることはできませんでした。どこかで噂を耳にしても、電話番号さえ調べられなかったと思います」

電話帳を開いても興信所の欄に濱地探偵事務所は記載されておらず、インターネット上にもサイトがない。紹介されてくる客だけで経営が成り立っているのだろうが、いたって不親切なやり方だとも言える。そんな多歌子の胸中を読み取ったかのように、濱地は言う。

「大っぴらに宣伝しようものなら、冷やかしの依頼人が殺到するのは容易に予想できます。マスコミのつまらない取材もくるでしょう。それを避けるため、やむなくこういう方針を通しているのですよ」

そういうことだろうとは思った。しかし、ここを利用した人間の体験談ぐらいはあるのではないか、と検索をかけても何も出てこなかったのは腑《ふ》に落ちない。そんな疑問にも相手は先回りして答える。

「パソコンのキーをいくら叩《たた》いても、当事務所の公式なサイトはおろか評判さえ見つけられなかったのではありませんか？　今のご時世、どんな情報でもネットを検索すれば簡単に手に入ると誤解されがちですが、そんなことはない。世界は、思われているよりずっと広くて秘密めいています。人間というのは公言すべきでないことを弁《わきま》えているもので、みんな黙って秘密を守っているのですよ」

まだ本題に入っていないが、多歌子は探偵を信頼しかけていた。濱地の話し方や物腰にはたっぷりと余裕が感じられ、紳士然とした風貌《ふうぼう》と相まって安心感を与えてくれる。少女に戻り、庇護《ひご》してくれる頼もしい大人の男に出会ったように感じた。久しくなかったことだ。

「ご主人によからぬものが憑《つ》いているのでは、と心配なさっているそうですね。事情を聞かせていただきましょう」

助手の志摩は、膝《ひざ》の上でノートを開いた。メモを取るのは彼女の役目らしい。

「わたしの夫は宮戸貢司《こうじ》と申しまして、小説を書いています。このようなものを――」

持ってきた著書をバッグから出した。受け取った濱地は、しげしげと表紙を見る。

「『吸血の儀式』。恐ろしそうですね」

半裸の女の背後に目の吊《つ》り上がった男の影が迫る絵で、恐ろしいという以前に毒々しく俗悪だ。そのような内容なのだが、もう少しセンスのいいものにして欲しい、と多歌子は思っている。これでも比較的ましな表紙の本を選んで持参したのだ。

「通俗味の強いホラー小説で、残酷な場面やエロティックな描写がたくさん出てきます。こういうタイプの小説を専門にしていて、年に三冊ほど出す作家です」

「倉木宴《くらきうたげ》というのが筆名ですか。なるほど、暗き宴」

ペンネームからして虚仮威《こけおど》しだ。多歌子は夫の本をほとんど読んでいない。恐怖を売り物にした小説にも色々あるのだろうが、倉木宴の作品は陳腐にしか思えなかった。

濱地は目次のあたりを見ている。呪われた夜・血塗られた過去・乙女の叫びといった大仰な章題に目を通しているようだ。気恥ずかしい。

「カバーの裏にプロフィールが載っています。写真は一年ほど前に撮ったものです」

多歌子に言われて、探偵は本を持ち替えた。そこにある著者近影は、奥多摩《おくたま》の別宅近くで彼女が撮影したものだ。裏の木立の中で、木漏れ日を浴びて佇《たたず》む痩《や》せぎすで神経質そうな男。病弱な憂《うれ》い顔の文豪にも見えるが、脇に添えられた主な著書の題名は『生首蒐集家《しゅうしゅうか》』や『悪魔は闇に集う』などで、滑稽《こっけい》なまでに仰々しい。

心霊現象に精通しているのならホラー小説の知識もあるのかと思ったが、濱地は倉木宴の名前すら聞いたことがなかった。「浅学にして存じ上げませんでした」と言われたが、無理もないことだ。書店の片隅で地味に売られる本しか書いていないし、それらも発売から三年も経たないうちにあらかた書棚から消えてしまう。こんな自転車操業をあと何年続けられるだろうか、と弱気なことを口走るばかりで、倉木宴は傑作やベストセラーを狙う野心は捨てていた。

それでも将来に経済的な不安はなかった。夫は奥多摩の別宅以外にも親譲りの資産を持っていたし、栄養士として働いている多歌子に生活力があったからだ。子供もいないので、彼の小説が売れなくなっても困窮することはない。

「その写真でも頬がこけていますけれど、今はもっと痩せています。この六週間ほどで急速に体が弱っているようなんです。肉体的な変化だけではありません。平素は外見ほど陰気な人ではなく、つまらない冗談をよく飛ばす方だったんですが、そんなこともいっさいなくなって、何かに追い詰められているように見受けます。『体調が悪いの？　心配事があるのなら話して』と言っても、『うるさい。何でもない』と邪険な返事しかしません。体が原因なのか心が原因なのか判りませんが、夫は病んでいます」

食欲がめっきりと減退し、酒の量だけが増える。体重計に乗ってみろと言っても拒むので目測だが、最近のひと月で七、八キロは痩せただろう。不機嫌が常態となって当然ながら仕事も捗《はかど》らず、夜中に魘《うな》されることもしばしばだった。

わずかな言葉の切れ間ができると、濱地はあくまでも穏やかに尋ねる。

「奥様としては放っておけませんね。しかし、それだけのことならば、まずはご主人を病院に連れていくでしょう。たとえ本人が嫌がろうと、首に縄を掛けてでも引っ張っていきそうなものなのに、あなたはそうせず心霊探偵に相談にいらした。何故です？」

至極もっともな問いだ。

「視たからです」

「視た。何を?」

多歌子は、努めて冷静に語る。

十日前のこと。貢司の呻《うめ》き声で真夜中に目が覚めた。体のどこかが痛むのではなく、悪夢に苛《さいな》まれているらしい。多歌子はすぐに揺り起こしたりはせず、夫が洩《も》らす声に耳を澄ませた。今にも何か意味のあることを口にしそうで、その譫言《うわごと》から変調の原因を探ろうとしたのである。

目を閉じてしばらく聴覚に神経を集中させていたが、貢司は苦しげに呻くばかりだ。かわいそうになってきた彼女が首を捻《ひね》って隣のベッドを見ると——。

女が立っていた。

ぞろりと長い髪を垂らした娘が、貢司を見下ろしていた。黄色っぽい半袖《はんそで》のワンピースをまとっていたのだが、あちらこちらが泥で汚れている。どこから忍び込んだのだ、と驚く間もあろうか。ふっと顔を上げた女と目が合うなり、多歌子は息を呑《の》む。瞳《ひとみ》はどんよりと濁り、顔に生気というものがなかった。右の側頭部にぱっくり割れた傷と血が凝固した跡がある。全身が総毛立った。

女の表情は虚《うつ》ろだったが、何か言いたげだった。しかし、それが怒りなのか悲しみなのか、あるいは恨みなのか問いかけなのかも判らない。ただ女は、予期せず多歌子に視られたことに戸惑っているふうだ。

あまりの衝撃で悲鳴も出なかった。貢司の肩に手を置いたところで、女の体が半透明になったかと思うと、空気に溶けるようにたちまち消えた。ほんの数秒のことだった。

夫を起こし、今視たばかりの怪異について話すと、「馬鹿なことを。寝ぼけたんだろう」と彼は吐き捨てた。ホラー小説を生業《なりわい》にしていながら、超自然的な現象については徹底的に懐疑的な態度をとるのだ。多歌子は、あれがあなたを苦しめている原因に違いない、と訴えた。

「そう聞いたご主人はどんな反応をしましたか？」

濱地はゆっくりと顎《あご》を撫でながら訊《き》く。

「不愉快そうにしながらも、『どんな女だったんだ？』と訊いてきたので、視たままを話しました。記憶は鮮明で、女の左の目尻《めじり》に黒子《ほくろ》があったことも思い出せたぐらいです」

「よく黒子まで視えましたね」

探偵がそう言うのも、もっともだ。

「夫は部屋が真っ暗だと寝つけない質《たち》で、自分のベッドの脇の明かりを点《つ》けたままにしておくんです。その光で女はよく視えました」

「なるほど。——続けてください」

「夫は真顔で聞いてから、『そんな女は知らない。化けて出られる心当たりはない』と言い切りました。身に覚えのある女性のリストを繰《く》ってから答えたようでした」

貢司には浮気癖があり、それがもとで大喧嘩《おおげんか》をしたこともあるが、夫婦の関係が壊れてしまうことはなかった。遊び方があっさりとしていて尾を引かないため、根負けした多歌子がある程度のことは容認したからだ。貢司にとって都合のいいことに、多歌子には妙にさばけたところがあった。さすがに大っぴらに愛人を作って楽しまれては我慢できないが、隠れて少し女遊びをするぐらいならば見逃せる。ただ一つの悪癖を除けば夫に不満はなく、人生の伴侶《はんりょ》として足りた。

「そつなく遊んでいるのだろうと思っていたんですが、あんなものが枕元に立つだなんて只事《ただごと》ではありません。この世のものではない女に夫が取り殺されてしまうのでは、と思うと矢も楯《たて》もたまらないんです。濱地先生、どうすればいいのでしょう？」

「取り殺されると決まったわけではありません。落ち着きましょう」

濱地は泰然としている。多歌子にすれば異常極まりない事態だが、心霊探偵にとってこれしきの依頼はありふれたものなのかもしれない。

「怪しいものを視たのは、その一度きりですか？」

「はい。夫に取り憑いている女については一度だけです。夜中にわたしが目撃できたのはたまたまで、夫が独りでいる時を選んで現われているとも考えられます」

「これまでにも霊的なものを視たことは？」

「何度かあります」

子供の頃から死者らしいもの、あるいは明らかに死者——亡き祖父や伯母《おば》——の姿を視ることがあった。そんな機会は思春期が過ぎると漸減《ぜんげん》していったが、今でも旅先でたまに遭遇することがあり、そういう時は「ああ、視てはいけない」と目を逸《そ》らしたり、宿の部屋を替えてもらったりする。夫は苦笑するばかりだった。

人種が違うのだろう。濱地探偵事務所を紹介してくれた友人も、多歌子のように「時々、視える」と話していた。だからこそ、自分の悩みをありのまま打ち明けられたのだ。

「対象と何かの波長があった時だけ霊が視える、という体質のようですね。望んで得た能力ではなく精神的に負担でしょうけれど、一生付き合うことになるかもしれません。齢をとるにつれて視えなくなる方もいますが」

多歌子は軽く絶望した。

「因果ですね。そんなものは視たくないんですけれど……」

「残念ながら、視えなくする方法はありません。むやみに恐れず、これまでのようにやりすごせば大丈夫です」濱地はさらに言う。「ただ、今回のことに関しては、視えて幸いだったかもしれません。放置しておけば、ご主人に危険が及ぶでしょう。女の素性と枕元に立つ理由を突き止めなくてはなりません」

「夫を連れてきたら、その女の姿を先生に視ていただけたんでしょうか？　一緒に行こうと強く言ったんですけれど、頑《かたく》なに嫌がって駄目でした。『幽霊なんてものはいない』と頭から否定していて……」

「仕方がありませんね。よくあることです。それに、ご主人と対面できたとしても、肝心の〈女〉が姿を現わそうとしなければ視られない。——志摩君、頼む」

助手はいったん席を立ち、スケッチブックと鉛筆を手に戻ってきた。

「次善の策です。あなたがご覧になった女を絵に描いてみましょう。覚えている限りのことを、もう一度お聞かせいただけますか。志摩はいたって似顔絵が得意なのですよ」

自分の話をもとに幽霊の似顔絵を描くというのか。多歌子は呆気《あっけ》にとられたが、助手はもう白紙のページを開いて鉛筆を構えていた。

机の上に広げたスケッチブック。そこに自分が描いた絵を見ながら、志摩ユリエは「うーん」と唸《うな》る。

「どこまで正確に再現できているのか判りませんけれど、無気味。こんなのが夜中に寝室に立っていたら気絶しそうです。汚れた服や頭の傷が刺激的すぎるし、この表情が怖い。依頼人が言っていたとおり、どんな意味を読み取ればいいのかわかりません」

机の前の肘掛《ひじか》け椅子に座った濱地は、ユリエが淹《い》れてくれたドリップコーヒーを味わっていた。

「依頼人は『そっくりです』と怯《おび》えていたね。きみはまた腕を上げたんじゃないか」

「精進を重ねていますから。――問題はこっちですよね」

ユリエは一枚めくる。宮戸多歌子が帰った後で、三十分かけて描き上げた肖像画で、〈女〉の生前の面立ちを復元したものだ。これがどれだけ似ているのか、現時点では答え合わせをする術《すべ》がない。特徴的な八重歯を強調するため、にっこりと微笑したところを描いてみたら、なかなか魅力的な顔になった。年齢は三十歳前後というところか。

「それにしても、多少の浮気はかまわない、なんて心が広い奥さんですね。わたしだったら一回で離婚です。慰藉《いしゃ》料は取れるだけ取る」

机の前で腕組みをするユリエに、濱地はすまし顔で言う。

「旦那《だんな》のことを大きな子供のように見て、掌《てのひら》の上で遊ばせているつもりなんだろう。

あの奥さんだって、どれだけ貞淑か知れたものじゃない」

「えっ、不真面目な人には見えませんでしたけれど」

「わたしに向かって、ねだるような目つきや仕草をすることがあった。ああいうのは自然にできる女性とできない女性がいる。男との駆け引きに慣れていそうだ。――今はどうでもいいことだな」

「どこから手をつけるおつもりですか？」

調査の方針を訊かれて、探偵はカップを机に置く。

「倉木宴こと宮戸貢司の様子がおかしくなったのは二ヵ月ほど前の九月初旬だというから、その頃に原因となった何かが起きたんだろう。わたしは、そちらから調べてみるよ。きみが描いてくれた絵を手掛かりにしてね」

「この絵がお役に立てますように。――わたしは何を？」

「貢司の身辺を洗ってもらおう。もちろん、女性関係が中心だ。そんな女は知らない、と貢司が言ったのは真っ赤な嘘で、恨んでいないはずがない過去の女がいるのかもしれない」

「そういう女性をわたしが探すんですか？　依頼人のお話によると、旦那さんは行きずりの女性に声をかけたり出会い系サイトを利用したりもしていたそうなので、骨が折れそうです」

「やりがいがあります、と発奮すべきところだろう。似顔絵の才能だけできみを雇っているわけではない。前の興信所でもやっていたことだろう？」

叱責《しっせき》するのではなく、からかう口調だったが、ユリエは反省の意を表する。

「甘えたことを言ってしまいました。初心に返ってがんばります」

彼女が濱地の下で働くようになったのは、今年の四月からである。漫画家の夢を諦《あきら》め、子供の頃から漠然と興味を抱いていた興信所に入って一年ほど勤めた。そこで探偵としての基礎を身につけたものの、待遇と人間関係の悪さに耐えられずに退職。身の振り方を考えている時、興信所で噂を耳にした心霊探偵のことを思い出し、この事務所の扉を叩いたのだ。一人で何もかもこなしていた濱地は、事務を手伝ってもらうアルバイトとして彼女を採用したのだが、やがてそれでは惜しい人材であることが認められ、探偵助手に昇格した。目下、ボスの片腕になれるよう研鑽《けんさん》を積んでいるところだ。

そんなユリエ自身には霊的なものを幻視する能力はない。心霊探偵に引き寄せられたぐらいだから、超自然的なものがあれば面白いぐらいには考えていた。そして、濱地のそばにいると、この世界と目には視えない世界は重なって存在しているのだ、と認識するしかなくなった。濱地の助手となったおかげで人間の隠された面と通常は人間界で不可視の面に触れられることを、彼女は幸運に思っている。

「やっぱり旦那は白を切っているんでしょうか？」

「どうだろう。女遊びに寛容な妻に、今さら取り繕うこともないと思うがね。それに、旦那本人が誰よりも自分の変調をよく自覚しているはずだ。病院嫌いなのかオカルト嫌いなのかは知らないけれど、事態を打開しようとしない点がおかしい」

「そこに秘密がありそうです。寝室に現われた〈女〉は泥まみれで頭から血を流していました。まともではありません。もしかして旦那さん、別れ話がこじれるかして相手を殺しちゃったのかも……」

「あり得ることだ。そうだとしたら簡単な案件だね」

他の興信所では考えられない会話が、ここではさらりと交わされる。

「そういう結果に終わるのだとしたら、奥さんがお気の毒ですね。先生に調査を依頼したばかりに旦那さんが逮捕されてしまう」

事件性が小さければなかったことにする場合もあるが、ことが殺人事件だとなると濱地は看過しない。その場合、彼がどうして真相を突き止めたかの説明にはいつも苦慮する。もっともらしい経緯を創作することにもユリエは知恵を貸しており、その際は漫画家志望だった頃に養ったストーリーテリングの才を駆使した。

「結論を急ぎすぎているよ、志摩君。ホラー作家が女を殺しているとは限らない。女が一方的に想いを抱き、恋破れて自殺をしたのかもしれないし、あるいは別の事情があって迷い出たのかもしれないだろう」

「どうせなら、依頼人が喜ぶ結末を迎えたいですね」

「きみの優しい気持ちは判るが、探偵はそこまでは保証しかねる。――そのネックレスの石はターコイズかな？」

ユリエは胸元のそれをちょっと持ち上げて見せた。

「似合っていますか？　ターコイズの間に水晶が混ざっているんですよ。お守りになるだけじゃなくて、ヒーリング効果が高いそうです」

「パワーストーンの専門店が倒産した、というニュースを聞いたことがあるんだが」

「ほんと、いい色」

ボスの呟《つぶや》きをユリエは聞き流した。


翌日から本格的な調査を始めた。

貢司との対面は難しい、と多歌子は言ったが、本人に会ってみなくては彼女が寝ぼけただけという可能性を否定できない。多歌子と打ち合わせた上、探偵は保険の外交員のふりをして阿佐ヶ谷《あさがや》の宮戸宅を訪問した。そこで妻が応対に窮し、「男のあなたが追い返して」と夫を玄関先まで引っ張ってくる、という段取りだ。作戦は計画どおりに運んだ。

るぞ」

「よその保険に入っていると言ってるだろう。あんまりしつこいと不退去罪が成立す
「すみません。失礼いたしました」

ふらつきながら出てきた貢司とのやりとりは、それだけだ。ものの二分もなく、

〈女〉を視ることはできなかったが、濱地は死霊の気配を嗅《か》ぎ取ることができた。

「どうでした？」

外で待機していたユリエは、濱地の顔を見るなり尋ねる。

「わたしが扱うべき案件だな。医者では手に負えないものにまとわりつかれて、思っていた以上に本人は衰弱している」

「急がないと駄目ですね」

「時間との戦いだ。がんばってくれ」

遊び友だちやら過去の女やら、宮戸貢司の交友範囲は多歌子からくわしく聞いている。ユリエはそれらを順に回って、ここ二、三ヵ月のうちに貢司が親しくしていた女に心当たりはないかを尋ねた。ある時は貢司との複雑な恋愛に悩む女として、またある時は貢司に想いを寄せる女の友人としてふるまい、情報を集めていったのだ。

貢司の遊び方はあっさりしていて尾を引かない、という多歌子の言《げん》は正しかった。特定の女と二ヵ月以上にわたって親密な関係を持つことはなく、名前とは裏腹にせっ

せと金品を貢ぐこともなかったようだ。知り得た範囲では過去の女たちから恨まれている例もなく、かといって未練を並べる者もなし。大人の遊びというのはこういうものなのね、とユリエは変に感心した。

出会い系サイトを利用しているらしい、との証言もあったが、そちらの方面でトラブルがあったかどうかは調べがつかない。街で誘った女についても同様だ。女性と揉《も》めていた、という証言は皆無だったが、はたして真実はどうなのか？

「彼は奥多摩の別宅にこもって執筆することも多い。奥さんは、さすがにその間は仕事に没頭していると思っていたらしいけど、あっちの家に女性を引き込むことがあるみたいだよ。原稿はあらかじめ家で仕上げておいてさ。しょうがないよね」

悪友の一人は、粘っこく笑いながら言った。貢司に恋慕する女を装っていたユリエがその言葉に傷つくのを楽しむかのように。嗜虐《しぎゃく》趣味だ。貢司によくない感情を持っていただけに、友だちもろくなものじゃない、とユリエは不愉快だった。

聞き込み調査にあたっては、彼女も例の似顔絵を持参していた。もちろん、幽鬼のごとき姿ではなく、想像をまじえて描いた笑顔の絵である。誰もが口を揃えて「知らない」と言うので、絵が不出来なのかもしれない、と自信をなくした。

一方の濱地は、九月の初旬に貢司が別宅にこもっていたことを多歌子から聞き、奥多摩に足を運んで連日調査を続けていた。貢司が別宅に女を引き入れていたのなら目撃した者がいるかもしれない、と考えて動いていたところ、三日目に大きな収穫があった。似顔絵を見るなり、「ああ、これは」という反応が返ってきたのである。

「もしかしたら、事故に遭って亡くなった人かな。八重歯が特徴的だった。……この人について、今さら何を調べているんです？」

大当たりを引いたのは国道沿いのコンビニでのこと。お客がいなかったので、エプロン姿の店長と店の片隅で立ち話になった。

「この女性と連絡を取りたがっている古い友人がいて、その方に頼まれて捜しているんです。事故で亡くなられたのですか？」

「ええ。九月の初め頃に関東をかすめていった台風があったでしょう。あれが通り過ぎた後の、風が強い日のことです。この先の渓谷のはずれの崖《がけ》から転落してね」

コンビニの店長が顔を知っているのだから近くの住人かと思ったら、そうではなかった。

「多摩川沿いに二キロほど行ったところに笹舟《ささぶね》旅館という宿があって、そこに泊まっていた人ですよ。どうして顔を知っているのかというと、宿に入る前にうちの店でお菓子類を買って行ったんです。事故のニュースをテレビで観た後、宿の大将と話していて、『あ、その人ならうちで買い物してくれた人だ』と気づきました」

「一人で泊まっていたのですか？」

「いいえ、二人連れ。うちにきた時も三十歳ぐらいの男性と一緒でした。あの宿は小さいけど部屋がきれいで温泉も引いてある。しっぽりとするにはいい、というんでカップルのお客さんが多いんです」

女がどこの誰かはニュースで報じられていたが、そこまで店長が覚えているはずもない。濱地はすぐに笹舟旅館へ向かった。

隠れ家風の旅館の主人に〈濱地探偵事務所　所長〉と肩書を記した名刺を出して事情を訊いたところ、不審がられることもなくあったことを話してくれた。

「九月三日のことです。新聞の切り抜きを取ってあるので、これを見てください。亡くなったのは町田《まちだ》市在住の喜田原知華《きだはらともか》さん、二十九歳。男性とお見えになりました。うちにいらしたのは、お二人ともその時が初めてです。なんでも夜中にひどい喧嘩をして、喜田原さんが怒って宿を飛び出したんだとか。無茶なんですけれど、お酒が入っていた勢いでしょうね。彼氏が慌てて追いかけそうなものですが、酔いが回っていたせいもあって、追うどころか不貞寝《ふてね》してしまったそうで。あくる朝になって『知華がいない！』と大騒ぎです。携帯電話にも出ないので心配しているところへ、ご遺体が見つかったという悲報が警察から伝わりました」

喜田原知華が宿を飛び出したことに宿の者は気がつかなかったそうだから、連れの男の話がどこまで真実なのか怪しむ余地はある。濱地は疑ったが、遺体と対面した時の男の取り乱し方は尋常でなく、主人はもらい泣きを禁じ得なかったという。二年来の交際で、結婚の時期について口論になったらしい。別れ話がどうこうではなく、派手な喧嘩をする必要はなかったのだが、どちらにとっても酒が禍《わざわい》したようだ。

「崖の高さはせいぜい五メートルだったんですが、岩場で頭を打ったために即死でした。事件性？　そんなものはありません。喜田原さんのご遺体には暴力を加えられた様子はなかったし、崖の上には喜田原さん本人の靴の跡と足を滑らせた痕跡《こんせき》があるだけで、誰かに突き落とされた可能性はない、と警察が断定しましたから」

喜田原知華は、雑木林をさまよっているうちに帰り道が判らなくなり、不注意に崖の際へ近づいたところで過って転落した、ということで一件落着になったのだ。本人のもの以外の足跡が現場周辺になかったのだとしたら、他殺の線はなくなる。自殺するほど絶望的な状況でもなく、事故として処理されたのも無理はない。

雑談めかして倉木宴と宮戸貢司の名前を出してみたところ、返事は「いや、知りません」だった。地元で知られた存在でもないのだ。彼の別宅は、ここから車で十分とかからないところなのだが。

「不慮の死を遂げていらしたとは知りませんでした。依頼人は悲しむでしょうが、これで報告書をまとめることができる。ありがとうございます」

礼を言ってから、最後に事故現場の場所を尋ねると、主人は面倒がらずに行き方を教えてくれた。片側一車線の国道を歩きながら、濱地は考える。

警察が判断したとおり喜田原知華の死が事故であれば、浮かばれない霊として現場に留《とど》まったり、恋人や家族などのもとに迷って出たりすることはあるにせよ、ホラー作家に取り憑くというのは道理が合わない。彼女と宮戸貢司の間には何かつながりがあったのか？

いや、喜田原知華と恋人とは二年来の付き合いで結婚を考えていたそうだから、貢司と親密な関係を結んでいたとは考えにくい。仮に、余人には窺い知れぬ理由からいわゆる二股《ふたまた》をかけていたのだとしたら、ユリエの聞き込みでそれを匂わす情報が出てきそうなものだ。彼女の調査に不備があった可能性もないではないが。

顎を撫でながら歩いていたら、路肩に十歳ぐらいの男の子がいた。この季節には合わない薄着をしており、人間ではない。その足元にまだ新しい花束と缶ジュースが置いてあるところからして、ここで車に撥《は》ねられて命を落としたのだろう。まだ幼いのに不憫《ふびん》なことだ。

道行く車をぽかんと見やっている少年に歩み寄ると、濱地は「坊や」と呼びかけた。ちらりとこちらを向いたから聞こえたようだが、反応はすこぶる鈍い。声がしたみたいだけれど気のせいかな、というふうにまた車を目で追う。

さほど深い念が残っているのではないと見た濱地は、再び「ねぇ、坊や」と注意を引き、相手と目が合ったところで飛び切りの笑顔を作った。そして、立てた人差し指で天を指し、空に昇っていくよう促した。少年はすぐには従わず、何か言いたそうにしている。

「朝、目が覚めた時に頭がぼぉーっとして起きたのか夢を見ているのか判らなくなることがあるだろう。きみは、そうなっている。寝ぼけているんだ。場所に縛られて、いつまでもここにいなくていい。きみは自由なんだよ」

繰り返し諭すと、少年は顔を上げて空を見やる。濱地は大きく頷《うなず》いた。

「さようなら。いつかまた会おうね」

少年は虚空に滲《にじ》んで消えていく。あとに残された花束を包むセロハン紙が、風にカサカサと鳴った。

年に何度かこういうことがあるので、濱地はなるべく自動車の運転をしないようにしていた。道端に立つ幽霊に今さら驚愕《きょうがく》はしないが、気を取られてハンドル操作を誤りそうになることがある。それに、視てしまったら放っておくのも忍びがたいもので、急いでいるのに引き返して仕事に支障をきたしたこともあった。今しがたのように徒歩でも幽霊に会うことはあるし、公共交通機関だけで移動する不便も大きいのだが。

秋空には、ほとんど雲がない。実際に死者の魂が風船のように天に昇っていくわけではないが、濱地はさっきの少年のために今日が快晴であったことをうれしく思った。

内ポケットに入れた携帯電話に着信が入る。ユリエからのものだ。

「調査中にすみません。今、いいですか？　発見したことがあるんです」

「興味深い証言があったのかな？」

「いいえ、そうじゃなくて――」

彼女は午後から図書館にこもり、九月以降の新聞記事を見ていたのだという。

「ふと思いついて調べてみたんです。九月初旬から旦那さんの様子がおかしくなった原因が気になって、それがニュースになっているかもしれない、と」

成果のない聞き込みに飽きて、違ったアプローチを試したくなったのだろう。濱地が受け持つと言った領域に越境してきたようだが、咎《とが》めることでもない。

「それで？」と探偵は訊く。

「九月四日の夕刊にこんなのがありました。奥多摩の渓谷で喜田原知華という二十九歳の女性が事故で亡くなっています」

濱地とユリエは、ほとんど同時に〈女〉の身元にたどり着いていたのだ。

「どの新聞にも顔写真が載っていないので、わたしの描いた絵の人物かどうかは判りません。でも、この事故現場は宮戸貢司の別宅にかなり近いはずです。先生が奥多摩で調査をしているのは、この頃に彼が別宅に滞在していたからでしょう。つまり、問題の事故があった時に宮戸貢司はその現場の近くに――」

探偵は助手を止めた。

「もういい、志摩君。きみは素晴らしい猟犬だ」

濱地は、仕入れたばかりの情報を手短に話して聞かせる。「へえ」という声がして、電話の向こうで目を丸くしているユリエの顔が想像できた。

「やっぱり〈女〉は喜田原知華だったんですね。すごい。わたしの絵が役に立った。文字どおり自画自賛してもいいですか？　図書館で新聞を調べたのも偉い」

「わたしの手柄も評価してもらいたいね。この三日間というもの、歩きづめだったんだから。こっちは自画自賛ではなく、犬も歩けば棒に当たるだけだけれど」

「先生も偉いです」

生意気なことを言ってから、ユリエは続ける。

「喜田原知華さんのご遺族の住所も調べました。町田市内です。これから行って話を伺おうと思うんですが、いいですか？」

「手回しがいいな。――ああ、いや。それは待ちなさい」

故人と宮戸貢司をつなぐ話が聞けたらありがたいが、まだ涙が乾いていない遺族や知華の恋人を訪ねてあれこれ質問するのは抵抗があった。いずれそうする必要が出てくるかもしれないが、別の方法をもう少し探ってみたい。

「先生のおっしゃること、よく判りました。じゃあ、わたしはこれから何をすればいいですか？」

「依頼人に会って、喜田原知華という女性に心当たりがないか訊いてみてくれ。別宅近くで起きた事故だから、夫婦で話題にしたことがあるかもしれないだろう。もしあったら、その時の旦那の反応なども」

「了解です」

電話で話しながら歩いているうちに、事故現場付近まできていた。国道を逸れて雑木林の中の小道をたどる。左手の疎林や灌木《かんぼく》の茂みの向こうに多摩川があるのだが、道はそちらに沿っておらず、普通に歩いていたら崖から転落するなど考えられない。普通ではない状況にあったということだ。酒に酔っていたから、と警察は解釈したようだが、それぐらいしか説明が見つけられなかったとも言えよう。

深夜にこんな道を歩くのは危険すぎる。川に落ちなくても、転んで怪我をしたり野生動物に危害を加えられたりしかねない。このあたりで月輪熊に出くわすことはなくても猪ならたくさんいる。どこかで酒の酔いが醒《さ》め、道に迷ったことを知ったら泣きたくなっただろう。

木々が色づく頃には間があるが、奥多摩までくると秋の深まりが早い。ひんやりとした空気の中で深呼吸をすると、散策にきたような錯覚に陥りかける。

枝が折れた木が目につくのは、九月の台風でやられたせいか。三日の夜も強い風が吹いていた。知華の無謀とそれを止めなかった恋人の落ち度について、今さら責めても詮《せん》ない。いかなる時も正しくふるまえる人間はいないのだから。

道が大きな岩を迂回《うかい》しているところに出た。宿の主人に聞いた話によれば事故現場はこのあたりの崖だ。下草を踏んで瀬音がする方に向かうと、まだ若そうな櫟《くぬぎ》の木のそばに百合《ゆり》の花が供えられていた。あたかも濱地への目印のように。低く張った枝の下をくぐって崖っぷちに出てみた。

神経を集中させても何者の姿も視えず、彼岸と此岸《しがん》の間に通じる超自然的な回路を経て聞こえてくる声もない。喜田原知華の霊はここに留まっていないのだ。留まることなく、何故か宮戸貢司に取り憑いている。

櫟のまわりだけ草が生えておらず、地面が露出していた。もちろん事故当時の足跡などは遺《のこ》っていないが、どんなことがあったか推察を巡らすことはできる。邪魔な枝の下をくぐって、川が見下ろせるところに立ってみると、五メートルほど眼下に岩場があった。

命を落とした女は、ここからまっすぐに空を目指せばよかったのだ。そうせず下界に留まったのは、よほど強い想いに引き止められたからなのだろうが、単なる事故であれば宮戸貢司にまとわりつくはずがない。どこに二人の接点があるのか？

ユリエが描いた恐ろしげな絵をポケットから取り出し、あらためて見る。怒りとも悲しみとも問いかけとも取れる複雑な表情から、探偵は一つの仮説を得ていた。それが的中していることを確信するためには、裏付けを必要とする。

探偵は崖を離れ、雑木林をそぞろ歩いた。美しい言葉の連なりを見つけようとしている詩人にも似た深い表情で、わずかに目を伏せたまま。

一時間もそうしていただろうか。行きつ戻りつし、喜田原知華が転落した現場から百メートルほど離れた地点で、探偵の足が不意に止まる。

「見つけた……か」

椈《ぶな》と楢《なら》の木立が生んだ濃い影の向こうに、それは視えた。


ユリエはパソコンの画面から顔を上げ、濱地に向き直って言う。

「先生、宮戸多歌子さんからの入金を確認しました。振り込み手数料はこちら持ちでいいと言ったのに、払ってくれています」

「そうか。これで完全に仕事が完了したわけだな」

彼は、ランプスタンドのシェードをウェットシートで丁寧に拭《ぬぐ》っている。客から「ガレ調の素敵なランプですね」などと褒められることがあるが、正真正銘のエミール・ガレ作である。さる依頼人から事件を解決した感謝の徴《しるし》に贈呈された値打ちものだそうで、濱地のお気に入りだ。赤、白、緑のガラスが組み合わさったシェードは魔法の茸《きのこ》めいた形で、殺風景な事務所の中で異彩を放っていた。

「わたしが心配したとおりになりましたね。奥さんにとって、つらい結末になってしまいました。先生は平気のようですけど」

濱地は、シェードの手入れを続けながら応《こた》える。

「依頼人は、危機に瀕《ひん》している旦那の生命を救うためにわたしに調査を求めてきたんだ。それだけは達成されたじゃないか。宮戸貢司に憑いていたものは、すべて消えた。彼が犯したのは殺人と死体遺棄。法律に則《のっと》って重い刑罰を受けなくてはならないけれど、死刑ということはないだろう」

「余罪があったら、死刑もあるかもしれませんよ」

「そこまで極悪な男には見えなかった。殺したのは一人だけだよ」

濱地とユリエは、警察が訪問する一日前に宮戸邸に出向き、貢司本人と対面している。調査で知った事実を伝えて自首を促すのが第一の目的。第二の目的は、彼に取り憑いた〈女〉と話すことだったが、それはかなわなかった。〈女〉すなわち喜田原知華の幽霊は現われなくなったのだ。貢司の秘密が濱地たちによって暴かれたことで、この世に留まる理由がなくなったためと思われる。

「わたしが何日も動き回ったの、無駄足でしたね。先生が奥多摩に行っただけで事件が解決してしまいました」

そのことがユリエには不満だったが、探偵は労《ねぎら》ってくれる。

「似顔絵の出来がよかったからこそ、わたしの調査が進んだんだ。これからも頼りにしているよ」

彼女は素直に喜んでから、「でも」と言う。

「先生と一緒に現場を調べてみたかったなぁ。これぞ探偵というお仕事ぶりが見てみたかった」

「大したことはしていない」

「ご謙遜《けんそん》を。喜田原さんが岩場に転落した理由を警察は見抜けませんでした。酔ったまま暗い雑木林で迷って、足を踏みはずして崖から落ちた、で片づけていたんですから」

「彼らには重要な情報が欠けていた。喜田原知華と宮戸貢司を結びつけるなんてできるはずがない」

「結びついていることは知っていても、わたしにはどんなつながりなのか見当がつきませんでした。先生は偉い。とても偉いからコーヒーをお淹れしましょうか？」

濱地はきれいになったランプスタンドを眺めて頷く。コーヒーを所望する、という返事だとユリエは解釈した。

「依頼を受けた後、先生はこうおっしゃいましたね。宮戸貢司が殺した女性が恨みを持って現われているとは限らない。女性は貢司に失恋して自殺したのかもしれないし、別の事情があるのかもしれない、と。その時から先生はこういう真相も想定に入れていたんですか？」

濱地がコーヒーを飲む所作がユリエは好きだ。最近はあまり使われない言葉だが、ダンディだと思う。

「貢司は〈女〉の人相を聞いて『知らない』『化けて出られる心当たりはない』と言い切ったんだったね。まず、それは嘘かもしれないと考えた。次に、〈女〉が彼を一方的によく知っている可能性を考えた。もう一つ考えられるケースがあるだろう。〈女〉が人違いをしているのかもしれない。それだと厄介だな、と思ったよ」

ごく日常的な思考で浮かぶ仮説だ。

「勉強になります。間違うのは生きている人間だけじゃないんですね」

「当然だよ。生きていても死んでいても、人間に変わりはない。しばしば間違え、ときに正しいんだ」

喜田原知華は人違いで宮戸貢司にまとわりついたわけではなかったが、別の勘違いをしていた。自分が死ななければならなかった理由だ。

濱地は現場をよく観察し、何かわけあって崖っぷちに身を寄せた喜田原の背中を、風でしなった栩の枝が打ったために転落したのだな、とみた。そうであるなら、彼女がそんなところにいたわけが一つの謎になるし、宮戸貢司に突き落とされたと誤解した理由は解かなくてはならない最大の謎だ。

「貢司から逃げて椈の木陰で縮こまっていた時、彼女の背中を枝が叩いた。『ああ、わたしを追いかけてきた男にやられた』と錯覚したんですよね。実際は追ってきてなんかいなかったのに」

現場付近に彼女の靴跡しかなかったことから、それは明らかだ。

あの男に殺された、と信じて絶命した彼女の魂はこの世に留まり、貢司にまとわりついた。恨むような問いかけるような顔の意味は、そのような経緯による。

「逃げるのは、自分が悪さをした時ばかりではない。ひどい悪さを目撃してしまった時だって人間は逃げる。それは恐ろしい状況だし、暗い雑木林のことであれば追ってきていない男の足音が空耳で聞こえることもあるだろうね。その挙句に何かに背中を押されて、『あの男にやられた』となったわけだ」

そこまで推察が及んでも、まだ謎には先があった。彼女は、貢司が何をしているところを見てしまったのか？　よほど不穏なことだ。時間と場所を考えれば、ぼんやりと見当がついた。

「一時間ほど歩き回って、ようやく別の〈女〉を見つけた。自分を殺した男のもとへ行かず、肉体が埋められた場所でいまだに茫然《ぼうぜん》と立つ〈女〉だ。口をぽかんと開いたまま、氷のように青白い顔をして、木の下闇《こしたやみ》で棒立ちになっていたよ。『ここに埋められたんですね？』と尋ねても返事はなかった」

何かを埋めた跡を完璧にごまかすのは難しい。それと判る場所を木の枝で掘り返すと女の死体の一部が出てきたので、少し埋め戻してから警察に通報した。散策をしていたら猪がおかしなものを掘っているところに出くわした、ということにして。

殺されたのは、貢司が出会い系サイトで知り合って別宅に誘い込んだ女だった。さすがにそれを突き止めるのは濱地らの手に余ったが、警察は三日で被害者の身元を特定し、五日後には携帯電話の記録から貢司に目星をつけたらしい。そこまで捜査が進めば心霊探偵に出番はなかった。別宅で殺人に至るどんな諍《いさか》いがあったのかは取り調べ中である。

ホラー作家はあくまでも幽霊を信じていなかった。憔悴《しょうすい》は良心の呵責《かしゃく》によるものだったのだ。

「あの……先生」

「ん？」

幽霊が視えるって、どんな気持ちがするんですか？

そう訊こうとして、やめた。濱地の答えを聞きたいのだが、いざ口にしようとすると愚問の極みに思えてしまう。

彼の私生活については、ほとんど知るところがない。雑談の折に尋ねても、結婚歴や子供の有無はおろか年齢さえ「わが社の秘密だ」とはぐらかされる。ユリエの観察によると、現在、妻や恋人がいないことだけは間違いなさそうだ。彼は事務所のすぐ上、このビルの四階に居住しているが、そこに足を踏み入れたことはなかった。

「いいえ、何でもありません。今日は暇ですね」

「案件を一つ処理したところなんだから、のんびりしてもいいだろう。忙しいばかりが能じゃない」

「大阪に行って以来、出張のお仕事も最近はないし」

「人員整理は考えていないから安心しなさい。もう十五分もすれば、次の依頼人からの電話があるぞ」

「えっ、先生には未来も視えるんですか？」

その日はどこからも電話はかかってこず、探偵と助手は合わせて五杯のコーヒーを飲んだ。

黒々とした孔《あな》

ベッドに横たわった彼は、壁の一点を注視する。

淡いベージュ色をした壁紙のマーブル模様。その中に、百円玉ほどの大きさの白い丸があった。模様のムラが、たまたまそこにきれいな円形を描いているのだ。

——やばそうだな。

視線をそらせようとするのに、目が引き寄せられてしまう。不安はすぐに現実のものとなり、小さな白点は黒く反転していった。ただの変色ではなく、壁の向こう側から尋常ではない力に吸われて陥没していくかのようだ。

厭世観《えんせいかん》にまみれていた頃、よくこんな幻覚を見た。この生き腐れを何かがお迎えにきたのか、と初めは冷や汗が出たが、繰り返されると慣れていき、死ねというサインなら本当に死んでやろうじゃないか、と行動を起こしかけた。二年ほど前のことだ。

結局は自殺する度胸もなく、愚図っているうちに友人と痛飲した帰りに店の階段で足を踏みはずし、倒れた拍子に左手首を骨折する事故に遭って、われに返った。肉体がダメージを負ったおかげで精神が死を拒むようになったのだろう。

目的や目標がなくても生きていれば愉快なこともあるさ、と開き直ったら、壁の黒い孔は見えなくなった。やはり心因性の幻覚で、碌《ろく》なものではなかったらしい。

それが、また現われた。

——無理もない。

嫌というほど心当たりがある。今の彼の精神には、これまで経験したことがない強い負荷が掛かっていた。

見つめていると壁のものは次第に広がっていき、数分でコーヒーの受け皿ほどにまで成長する。べったりとした黒い点ではなく、奥行きを持っていた。中心ほど深い漏《ろう》斗《と》状の孔だ。放っておけば、虚無の象徴のようなそれはどこまでも大きくなり、自分をベッドごと呑《の》み込んでしまいそうに思える。

午前零時過ぎ。これが現われるのは、たいていそれぐらいの時刻だ。

彼は焦らず、気つけ薬がわりに九九を唱えた。一の段から始めて七の段に達するあたりで、いつも孔は突然に消えてしまう。これまでそうだったから今回もそうなるに違いない、と信じて「シチロク四十二」と言ったところで、壁はもとに戻った。

彼は両脚を高く振り上げてから、勢いよくベッドの上に体を起こした。そして、孔がなくなった壁を見ないようにダイニングに向かい、冷蔵庫から缶ビールを出して立ったまぐいと呷《あお》る。

やはり気分がいいものではないから、あれが現われるあたりに絵を飾るなりポスターを貼るなりしてやろうか、本棚を強引にずらして隠そうか、いっそ壁紙を貼り替えてしまおうか、と考えたことはあるが、自分の心に原因があるのならそんなことをしても無意味で、慣れるのがより難しい別の異変が部屋のどこかに発生するかもしれない。

それに、あんなおかしなものは見えないに越したことはないが、ものは考えようだ。自分の精神が弱っていることを告げてくれているのなら、警告として役に立たないとも限らない。「最近、あんたは調子が悪そうだな。旅行でもしてきたらどうだ?」とアドバイスしてくれていると思えば――。

あまりの馬鹿らしさにビールの味が苦くなった。今、彼の心が抱えている問題は、お手軽な気分転換ぐらいで解決する呑気《のんき》なものではない。

唐突に、中学時代に宿題で暗記させられた百人一首の一つを思い出した。あれから十年ほども経ち、とうに忘却の彼方《かなた》に去ったはずなのに、人間の記憶というのはおかしなものだ。

――逢《あ》い見てののちの心にくらぶれば　昔はものを思はざりけり
詠んだのは貴族の男で、それが誰かまでは言えないが、教師に聞いた解釈はよく覚えている。作者は熱烈な恋に酔っていて、「ああ、彼女に首ったけだよ。この気持ちに比べたら、おれがこれまでしてきた恋なんて大したもんじゃなかったよね」というのが大意だ。

それをもじって、彼も一首詠みたくなる。

——殺《あや》めてののちの心にくらぶれば

現在の自分が抱えているものの重さに比べれば、「生きていても面倒なばっかりでクソつまらない。まわりの奴らや全世界への面当てに死んでやろうか」と考えていた頃の気鬱《きうつ》など、赤ん坊の駄々のごとく他愛ない。

——面白くないから死んでしまおうかって、本気で悩んだ？　十四、五歳だったらいざ知らず、二十二の夏に？　へえ！　自分より大きなプーさんのぬいぐるみからスポーツカーまでパパとママに買ってもらえた超おぼっちゃまの心理は、生粋《きっすい》の庶民でしがないライターのわたしには理解できないわね。贅沢《ぜいたく》ができたらできたで生きる意欲がなくなるなんて、いったい人間ってどこまで業《ごう》が深いのかしら。十代の頃はワル仲間とつるんで、シンナー吸ったり不真面目なことしまくって遊んでたんでしょう？　二十歳を過ぎて元気がなくなったものねぇ。

そう言って彼女はけらけらと笑った。あれは三回目に会って、初めて寝た夜のことだ。女と寝ると心の蓋《ふた》がゆるくなって、つまらない打ち明け話をしてしまうのが彼の癖だった。とはいえ希死念慮に取り憑《つ》かれたことを告白したのは、三つ年上の彼女だけだ。弱みをさらすことで気を引き、でれでれ甘えたかったのだろう。思い返すと恥ずかしくてたまらない。

またビールを呷る。

──あの女のことは頭から叩《たた》き出して、会ったことも忘れろ。初めから存在しなかったことにするんだ。すんでしまったことは仕方がない。

女の顔や声は振り払えたが、代わりに別の風景が脳裏に浮かぶ。

それは、たぷたぷと揺れる真夜中の海、湾岸に林立した超高層マンションの巨大な影、対岸に見える工場群の明かり。細い雨が降りしきり、何もかも夢のように霞《かす》んでいた。

〈大きい方の荷物〉を海に投じた時の、どぼんという暗い音も鮮明に甦《よみがえ》る。どぼん。周辺に誰もいないことは確かめてあったが、そんな派手な音をたてずに沈んでくれ、と肝が潰《つぶ》れた。

忌まわしい作業だった。しかも、それでことが終わったわけではなく、彼にはまだ他にも犯さなくてはならない罪があった。彼女の家にこっそりと戻り、火を放つこと。あれだけ大胆なことを人知れずよくできたものだ。運も味方してくれているのか。

──そう、運だ。おれは恵まれた星の下に生まれている。

この世には幸運な者と不運な者がいる。前者に生まれたのなら、それをたっぷりと享受することが正しい態度ではないか。ついているとかいないとか言っても、人生全体で均《なら》せばみんな等しくなる、という言葉を本で読んだことがあるが、できの悪い気休めだ。個々の人生で均しても幸運な者と不運な者に分かれるのが現実で、「そこまで細やかな気遣いはしていないよ。人類全体で均すとこれぐらい、という設定にしてある」と神様はおっしゃるだろう。

〈小さい方の荷物〉の処分という最後の不愉快な作業をすませてから、明日で一週間になる。いや、日付が変わったからもう今日か。彼女の通話記録を手繰《たぐ》って、そろそろ警察が訪ねてきてもおかしくない。今までやってこないのが遅すぎるぐらいだ。

どんなことを質問されるかは見当がつくし、どう答えたらいいかも承知している。とぼけたり嘘をついたりするのは子供の頃から得意だった。

久しぶりに壁の孔を見て動揺したが、すっかり落ち着いた。そこへ何かが爆《は》ぜるような音がして、彼はびくりとする。国道を走る車のバックファイアらしい。

「びっくりさせやがる」

酔って寝るため、二本目のビールを出した。

長身を折り曲げて「よろしくお願いいたします」と言い、男は事務所を出て行った。

志摩ユリエは窓ガラスに寄って、依頼人が去っていくのを見送る。その後ろ姿は淋《さび》しげで、足の運びには力がなかった。

「お気の毒ですね。何とかしてあげてください、先生」

ユリエは、応接用のソファに座ったままの濱地健三郎に向き直って言った。探偵は、オールバックの髪に手櫛《てぐし》を入れている。

「もちろん、調査を引き受けたんだからできるだけのことはするよ。助手のきみに鞭《むち》を入れられなくてもね。警察に任せておいた方が早い事件かもしれないけれど」

二十近くも齢《とし》が離れているであろうボス――実際の年齢は教えてくれない――に生意気なことを言ってしまったな、とユリエは反省した。雇われてまだ半年ばかり、助手と呼ばれるようになったのは夏からだ。ここにくるまでに一年ばかりよその興信所で働いていたが、まだまだ濱地の片腕にほど遠いのは自覚している。

「でも、娘さんの遺体が見つかってからもう三週間になります。まだ犯人の目星がついていないというのは、まずいんじゃないですか？　解決する事件なら、大半は数日のうちに警察は犯人を絞り込めている、と以前に先生はおっしゃっていました」

「単純な事件の場合はそうだけれど、この事件は複雑なんだろう。捜査状況がどうなっているかを確かめる必要がある」

のんびり話していたかと思うと、濱地はダークスーツの内ポケットから携帯電話を取り出した。かけた先は馴染《なじ》みのある警視庁捜査一課の刑事で、駒井鈴奈《こまいすずな》の事件について父親から依頼を受けた旨を伝え、情報を求める。相手が何か言うのに「では、お願いします」と応《こた》え、探偵は通話を終えた。

「短い電話でしたね」

「さすがにこの時間は捜査で外を走り回っている。夕方、少しだけ時間を作ってここまできてくれるそうだ。新宿界隈《かいわい》で聞き込みをしているらしい」

「向こうから濱地探偵事務所にきてくれる？　すごいサービスですね、警視庁。いえ、さすがは先生」

「突っ立っていないで、そこに座りなさい」

濱地の真向かい、さっきまで依頼人がいたソファに腰掛けた。まだぬくもりが残っている。

「トランクに詰められた駒井鈴奈さんの遺体が見つかったのは、三月二十日。死後九週間から十週間が経過しているとみられますが、死因は不明。首が切断されているので、頭部に致命傷を負ったと推測される。……ひどい事件です」

ユリエは書き留めたばかりのメモを見ながら言った。義憤を禁じえない。

「依頼人の夢に娘さんが出てきて、『犯人を捕まえて』と訴えたということですけれど、それってやっぱり鈴奈さんの霊なんでしょうか？」

探偵はスーツの襟をいじりながら、「違うだろうね」とそっけない。本当の霊夢ならば遺体が発見されるより前に見たはずだ、という理屈であった。トランク詰めの遺体が見つかるまで、鈴奈は何らかの事件に巻き込まれた可能性がある行方不明者として扱われていた。

「なるほどぉ。娘さんの霊だったら、行方不明の段階で夢に出てきて、『わたしは殺されたのよ』とアピールしたでしょうね」

ただ殺されただけではなく、住まいを焼かれている。鈴奈が独りで暮らしていた家が全焼したのは一月十三日。明らかな放火で、火元となったのは寝室、リビング、トイレの三ヵ所。普通の火事であるはずがなく、殺害犯人による証拠隠滅工作かもしれない。

テーブルの上には、依頼人が置いていった鈴奈の写真が三葉あった。目鼻立ちがはっきりしていて、明るい顔貌《がんぼう》だ。額を大きく出し、癖のないロングヘアを肩まで垂らしていた。普段着姿の写真には親しみが感じられ、スーツ姿のものからは「ばりばり仕事ができそう」という印象を受ける。

特徴が捉《とら》えやすくて絵に描きやすい顔でもあった。少女漫画に登場したら、ヒロインの親友役あたりか。かつて漫画家を志望していたユリエの腕が疼《うず》く。

「二十七歳。女盛りに差しかかった、というところなのに……」と二十四歳のユリエは傷ましく思う。『フリーライターとして危なっかしい取材もしていたようです』と依頼人はおっしゃっていました。その線なんでしょうか？」

「警察がしっかり洗っているだろう」

「でも、危なっかしいといっても芸能関係の取材が中心だったみたいなので、違うのかな。政財界の闇に触れてしまった、ということもなさそう」

ごちゃごちゃ言う助手を、濱地は慈父のように穏やかなまなざしで見ている。

ユリエがパソコンに向かい、ネット上で事件に関する情報をざっと収集して、巷《ちまた》の無責任な噂話までもチェックしてボスに見てもらう。そうこうしているうちに五時になり、誰かが階段を上がってきた。

「お約束どおり推参仕《つかまつ》りましたよ、濱地さん」

赤波江《あかばえ》聡一《そういち》は、ドアの脇のコートハンガーに上着を掛けると、「こんにちは」とユリエにひと声投げてソファにどっかと座る。動作がきびきびしているというより、せわしない。忙しいためでもあろうが、根がせっかちなのだ。

この当年とって四十歳になる捜査一課の部長刑事は、心霊探偵という怪しげな肩書を持つ濱地に理解を示してくれるありがたい存在である。これまで何度か、濱地が解決した難事件の手柄を譲られたことに恩誼《おんぎ》を感じているらしい。ゆえに探偵からの情報提供の頼みにこっそり応じてくれたりするのだが、赤波江の方から助けを求めてくることは今のところなかった。

「お一人でいらしたんですね？」

ユリエが念のために確かめると、肩幅の広い刑事はにやりと笑う。所轄の若い捜査員と組んで回っていたけれど、適当な用事を言いつけて別行動にしたのだとか。六時に新宿駅南口で待ち合わせをしているそうだ。

「駒井鈴奈の父親から依頼があったんですか。やれやれ、警察が信用されていない、ということですね」

刑事は節くれだった右手で、ごつい顎《あご》を撫《な》でる。快く思ってはいないようだ。

「そういうわけではなく、娘が夢に出てきたせいですよ。霊的なものを感じて、風の便りに聞いた心霊探偵とやらにすがりたくなったんでしょう」

ユリエは自分の分も含めて三人分のコーヒーを淹《い》れると、濱地に並んでソファの端に腰を下ろした。赤波江は「どうも」とひと口飲んでから探偵に尋ねる。

「前から伺いたかったんですよ、濱地さん。あなたは幽霊が視《み》えるそうですが、そいつは何ができて何ができないんですか？　心残りがあって浮かばれずにいるのなら、あなたのような霊能力者をさっさと見つけて『あいつにやられた』と言ってくれたらよさそうなもんだ。ところが、これまであなたから聞いたところによると幽霊たちはそこまではせず、加害者にただつきまとうとか殺された現場に突っ立っているとか、おかしなことをする場合が多い。つきまとう場合だって、相手には気配も感じられないこともざらで、それだと呪いにも祟《たた》りにもなりません。無能呼ばわりすると言いすぎになるでしょうが、幽霊さんたちは気が利かないにもほどがあると思いませんか？」

当然の疑問で、ユリエも同じような質問をしたことがあった。だから、濱地がどう答えるかは判っている。

「どうしてそうなのか、残念ながらわたしには解説できません。それが幽霊という現象なのだ、と知っているだけです。死者の思念だけがこの世に残るメカニズムは神秘と言うしかなく、今後も謎が解けることはないのではないでしょうか」

「幽霊が憎い相手を呪い殺すこともあるんでしょう？　精神的に追い込むだけでなく物理的に攻撃するケースもある、と聞きましたが」

「それは特殊な霊で――」

赤波江はなおも旺盛な好奇心を発揮しかけたが、濱地はやんわりといなして刑事を本題に導く。

「駒井鈴奈の身に何かあったことは、一月十三日から危惧《きぐ》されていました。杉並《すぎなみ》区内の彼女の家が不審火で全焼し、連絡がまったく取れなくなったからです。当初は火事に巻き込まれたのかと思われましたが、焼け跡から遺体は見つかりませんでした。乗っていた車はカーポートに残ったまま。歯医者や美容室の予約、仕事の予定もあれこれ入れていて、失踪《しっそう》したとも考えにくい状況でした」

事件に巻き込まれたのか、ただならぬ事情が生じて自ら姿を隠したのか？　家に火を点《つ》けたのは鈴奈か、別人か？　いくつもの可能性をにらんで捜査は行なわれたが、三月二十日になって答えが出る。浚渫《しゅんせつ》船が東京湾で引き揚げたトランクから、鈴奈は首なし死体となって転がり出たのである。

ユリエがテーブルに地図を広げると、赤波江はその一点を指差した。季節がよければカップルで賑《にぎ》わう公園やバーベキュー場の近くで、短期間だけ交際したボーイフレンドと散策したことがある。ベンチに並んで食べたアイスクリームがおいしかった。

「そのトランクというのはキャスター付の旅行用スーツケースで、駒井鈴奈のものです。引き揚げられた際に何かとぶつかって鍵が壊れ、開いたので遺体発見につながりました。被害者の執念が蓋をこじ開けたんだ、と言う者もいます。濱地さんはどうお考えになりますか？」

「さあ、どうでしょう」

濱地は常にクールだ。そんな物腰のせいもあって年齢の見当がつけにくいのである。三十代の俳優が初老の紳士を演じているふうにも思えてしまう。

女性フリーライター殺害事件の捜査本部が東京湾岸警察署に設置され、赤波江も本庁から捜査員として加わる。被害者宅を管内に抱える杉並署との合同捜査になった。

「虱《しらみ》潰しに関係者らを当たっているんですけれど、これという手応えはまだ摑《つか》めていません。被害者は主に芸能関係の記事を書いて雑誌に売り込む、というスタイルで仕事をしていました。時には強引なことをして取材対象と摩擦が生じることもあったようですが、これまでの捜査ではさほど深刻な事案は見当たりません」

と言いつつ、何人か気になる人物が捜査線上に浮上しているという。強引な取材に憤慨し、険悪な関係になっていた芸能プロダクション社長やタレントらだ。ユリエには聞き覚えのない名前ばかりで、そのタレントは売れっ子というほどでもなさそうである。

「男性関係では、一人だけ引っ掛かるのがいます。熊取寿豊《くまどりじゅほう》。寿に豊かと書きます」

「うわ、リッチな名前ですね」

ユリエが軽口を挟むと、赤波江は真顔で頷《うなず》いた。

「名は体を表わす、の好例かな。二十四歳で無職の兄ちゃんだけど、親子四人暮らしのわたしより何倍も広い家で優雅に独り暮らしをしている。それもそのはず。父親は熊取興産という不動産会社のオーナー社長で、母親は女優の那珂咲恵《なかさきえ》なんです」

「先生、那珂咲恵って判りますか？」

ユリエに振られると、探偵は「それぐらいは知っている」と微笑した。三十過ぎから人気が出だした遅咲きの女優で、売れ出した頃にはすでに結婚していた。いくつもの連続ドラマでヒロインを務め、四十代になってからは映画を中心に活躍している。現在五十七歳。どちらかというと古風な顔立ちの美人で――複数の整形の痕跡《こんせき》をした顔で指摘する輩《やから》もいるが――、中高年はもちろん若い男性にもファンが少なくない。

赤波江は続ける。

「おぼっちゃまの熊取寿豊は『駒井鈴奈さんは遊び友だちの一人で、そんなに深い仲でもありませんでした』と言うんですが、どこまで信じていいものか。ただ、被害者が恋人と仲違《なかたが》いをしていた、という話も周囲で聞かないし、疑うには材料が足りないので、継続して身辺を調べているところです。――この事件と直接の関係はないんですけれど、おぼっちゃまの素行はよくありません。中高生時代に補導歴があって、大学を中退してからも警察の厄介にならない程度の問題をいくつか起こしていたようですが、スキャンダルというほどのものでもない。裕福な両親のもとで、わがままに育ったやんちゃ坊主というところですか」

「その関係者たちに、赤波江さんは会っているんですね？」

濱地の問いに、刑事は「はい」と頷き、時間を気にしながらも関係者たちと話した時の様子を詳細に伝えてくれた。

観るべきニュースが終わったので、彼はリモコンでテレビの電源を切る。鈴奈の事件についての報道に目新しい情報はなく、「駒井さんの切断された頭部はまだ見つかっていません」で締め括《くく》られた。トランクが遺棄されたベイエリアの公園周辺で警察が目撃者を探している映像が映った時は、懐かしさに似た奇妙な感覚を覚えた。

——あれから、ざっと三ヵ月か。

雨も風も、凍えるほど冷たい夜だった。公園にはたった一つの人影もなかったから、猟犬のような捜査員たちがいくら熱心に調べても目撃者を見つけられるはずがない。防犯用のカメラも慎重に避けた。

どぼん、という水音をまた思い出してしまう。もう一つ耳に残っているのは、ビニール製の合羽をパラパラと打ち続ける雨音だ。そんな雨に向かって、おまえも共犯者みたいなもんだ、と胸の中で嘯《うそぶ》いた。

身を投げ出すようにベッドに横になる。本棚を移動させたから、壁の白点は隠れてしまってもう見えない。さっさとこうすればよかったのだ。

昨日はついに刑事の訪問を受けたが、そつのない対応ができた。嘘をつくには演技力を要するから、母親から受け継いだありがたい才能なのかもしれない。そして、〈大小の荷物〉の処分や現場の隠滅をやり通せた抜け目のなさは、やり手実業家である父親からの遺伝というわけだ。

〈大きい方の荷物〉がいつまでも人目に触れないとは考えにくく、浚渫作業などでいつか引き揚げられると覚悟していた。しかし、その場合も鍵の掛かったトランクをわざわざ開いて中を検《あらた》めたりはしないだろう、と思っていたから、首なし死体が白日の下にさらされたのには驚いた。

山中に埋めてしまう方がよかったかもしれないが、土地鑑のない山道で車を走らせ、適当な場所を探すのは面倒だ、という判断が間違っていたとは思わない。鈴奈の行方が永遠の謎となることを祈っていたけれど、さすがに虫がよすぎたか。

——殺すつもりはなかった。ものの弾みでああなった。

何百回も、自分にそんな言い訳をしている。早まったことをしたと悔いながらも、鈴奈の仕打ちへの怒りは正当だと思う。会って間もない頃、「あなたのお母さんって、那珂咲恵なの！」と驚いてみせた顔の、今になって思えばなんと白々しいことか。そうだと知っていたからこそ偶然を装って接近してきたくせに。そして、あろうことか母親が懸命に隠してきた過去を探り、大衆を面白がらせるために暴こうとした。

一月十二日の夜。悪戯《いたずら》心から、彼は突然に鈴奈の自宅を訪ねた。甘ったるい夜を期待してのことだが、ワインの杯を重ねるうちに彼女は口を滑らせ、妙な具合になる。

——今夜がいいチャンスなのかも。バレちゃったみたいだから白状するわ。ええ、そう。あんたのママの秘密について、実の息子が気づいているかどうか確かめたかったわけ。わがまま放題でせこいワルさを繰り返してきたのはママの過去を知ってしまったからかな、死にたくなったりしたのもそれに関係があるのかな、というのが興味の焦点だったんだけど。……ねえ、本当のところはどうなの？

鈴奈によると、二十代の頃、まるで売れない女優だった彼の母親は世間を憚《はばか》るビジネスに関わっていた。それは管理売春を目的とした高級秘密クラブの運営で、自らも顧客に肉体を提供していたという。にわかに信じられない話だったが、状況証拠はたくさんある、と自信ありげだった。

そんな曖昧《あいまい》なことを書いたら名誉棄損で訴えられるぞ、と嗤《わら》ったら、フリーライターは急に険しい表情になった。

——大丈夫。重い口を開いて証言してくれそうな人を見つけたもん。『古い話だけれど、蒸し返すのは駄目だ。危ない筋とつながっているから下手をしたら殺されるよ』なんてビビってたけど、その人、それこそ危ない筋から借りたお金が返済できなくて破滅寸前なのよ。生命保険金目当てで殺される危険の方が高いから、じきにわたしのリクエストに応えてくれるわ。口説く自信がある。

その暗い情熱がどこからくるのか判らないが、鈴奈は本気で那珂咲恵を追い込もうとしている。ぎらぎらした目の輝きを見れば明らかだった。

——お小遣いを餌みたいに与えてくれるだけで、愛情を注いでくれないママが大嫌いなんでしょう？　ずっと憎んできたんでしょう？　かまってくれなかった点ではパパも同罪だろうけど、やっぱりきれいなママを独占する時間がなかったのがつらかっただろうな。復讐《ふくしゅう》のためにワルぶってきたことは判ってる。わけもなく世界が嫌になって、死にたくなったのもママの愛情不足が原因。

鈴奈は、自分がこしらえた勝手なドラマを押しつけてきた。きっと悲劇が他人に襲いかかるところが見たかったのだ。そうとしか考えられない。

——もう記事を書き始めているのか？

彼は、リビングの片隅にある机の上のノートパソコンを見た。液晶ディスプレイが開き、USBメモリーが挿さったままで、さっきまで仕事をしていたようだ。鈴奈は瞬時に反応し、脱兎のごとく立ってそれを胸に抱く。

——ちょっと。おかしなことをしたら赦《ゆる》さないからね。

ならば腕ずくで取り上げ、ぶち壊すまでだ。実力行使に出ようとしたが、相手は俊敏だった。パソコンを抱いたまま駆け廊下に出る。そして、トイレに飛び込んで鍵を掛けてしまい、「さっさと帰って！」と叫んだ。理性を失った彼は、リビングから取ってきた自分のバッグを振り上げ、ドアの小窓を叩き割る。ガラスの破片がばらばらと床に散らばり、恐怖で立ち尽くす彼女とまともに目が合った。

——帰らないと警察を呼ぶからね。

鈴奈はニットのカーディガンを羽織っていた。パソコンをそっと床に置くと、ポケットからスマートフォンを取り出して彼に示す。体当たりでドアを破るよりも早く一一〇番通報されるのは確実だった。

——判ったよ。乱暴はしない。

こうなっては話し合うどころではなく、いったん引き下がるしかなさそうだ。バッグを拾い上げて顔を上げると、鈴奈は顫《ふる》える指で画面をタップしかけていた。

——おとなしく退散しようとしているのに、警官を呼ぶつもりか。この修羅場も面白おかしく書くのか。ママやおれを傷つける権利が、なんでおまえにあるんだ！

頭に血が上り、勝手に体が動いた。

活気ある編集部の片隅に設けられた応接スペース。そこで応対してくれた編集長は、ワイシャツの袖《そで》を二の腕までまくり上げていた。

「——そんな感じで、駒井さんは猪突猛進《ちょとつもうしん》というか、思い込んだら一直線というタイプでしたね。取材の対象に食らいつく執念がすごい。見どころがあると思いつつ、あんまり無茶はするなよ、と忠告したこともあります。上司でもないので、よけいなおせっかいだったんですけれど。今回の件について思い当たることはありませんが、やばいテーマに踏み込みすぎたのかもしれません」

「たとえば、どんなテーマですか?」

濱地に訊《き》かれて、小太りの編集長はかぶりを振る。

「それは承知していません。ただ、意味ありげなことを洩《も》らしていましたね。『刺激的なスクープを持ってきたら、専属契約のことを考えてくださいね』とか。『何を追いかけてるのかヒントをくれよ』と言ったら、返事は『まだ内緒でーす』。……もっとしつこく訊いておけばよかった」

「ある女優さんについて調べていたのではありませんか?」

「いいえ。――そちらは何かご存じのようですね」

編集長が身を乗り出してきたので、濱地は「あてずっぽうです」とごまかした。

収穫がないまま出版社を辞した探偵と助手は、地下鉄を乗り継いで高輪台《たかなわだい》へ向かった。地上に出るとユリエがスマートフォンの地図を確認し、「こっちです」と探偵を導く。熊取寿豊が暮らす家は、起伏に富んだ閑静な住宅地の一角にあった。さすがおぼっちゃまと言うべきか、すこぶる住環境がいい。

「亡くなった鈴奈さんの家のまわりとは、だいぶ違いますね」

調査に着手するにあたり、まず二人は鈴奈の家の焼け跡に足を運んでいた。あちらも住宅地の中ではあったが、周囲にはコインパークや空き家が目立った。過疎とは無縁の東京二十三区でも、少子高齢化の多死社会が到来したため空き家率は十一パーセントを超えている。そんな現実を実感した。鈴奈宅がL字形の駐車場に面していたおかげで、延焼した家がなかったのは幸いだ。

「鈴奈さんは、犯人にとってまずい何かを取材していたんだと思います。それを阻止するために彼女を殺害し、家のどこかにあるはずの証拠品を消すために放火したんじゃないでしょうか？『例のものはどこにあるんだ？　出せ』と脅したのに、鈴奈さんは抵抗して教えなかったんだわ。それで思い切った手段に——」

「そうかもしれない」

とだけ濱地は言って、話に乗ってきてくれない。

「昨日、髪を染め直したんですけれど、おかしくないですか？」

このところずっとアッシュブラウンに染めている。心持ち色を濃くしたのが正解かどうか、ユリエは判断に苦しんでいた。

「美しいよ。野暮な進言ながら、スカートの丈はあと二センチ長くてもいいと思うけれどね」

女に向けて「美しいよ」という言葉をこんなにさらりと口にできる男は、この国では珍しい。すべてが自然で板についている。

「ちょっと短すぎたかな。もしかして、先生はこういうタイトスカートってお嫌いですか？」

「まさか。とても好きだ」

特にきみが穿《は》いていると、なんて上滑りはしない。ユリエにとって自慢したくなるほど男っぷりのいいボスであったが、まかり間違っても男女の仲になったりはするまい。年齢差が大きいこともあるが、まだ子供っぽい自分のような女は濱地の関心の外だろうし、ユリエにとっての彼も距離がありすぎて、あくまでも〈鑑賞用の男〉だった。

事件について話しているうちに熊取寿豊の家に着いた。父親の会社が有する物件なのだろうが、小ぶりながら邸宅と呼ぶべきものだ。四角い箱のような外観で、開口部がごく少ないのは意匠であると同時に防犯を意識しているようである。ガレージのシャッターがやたら大きく、大型車が三台は並んで入りそうだった。コンクリート打ちっぱなしの外壁に、葉桜を茂らせた庭木が影を落としている。

寿豊に面会を求めると、自宅にくるように言われた。拒絶されるかと思っていたユリエは意外に感じたものだ。鈴奈の父親から相談を受けている旨を伝えたので、無下にできなかったのかもしれない。

「手短にお願いします」

ドアホンに応えて出てきた寿豊はぶっきら棒に言い、探偵と助手をリビングに招き入れた。床には雑誌がちらばり、脱いだ上着が椅子の背に掛かったままだ。来客があるので片づけるという意思はまったくなかったらしい。

濱地が恭《うやうや》しい口調で挨拶しながら差し出した名刺を見て、おや、とユリエは思った。〈心霊探偵〉という肩書が入った方だったからだ。それは依頼人や特別な相手に渡すもので、ふだんは〈探偵〉とだけ書いた名刺を使うのだが。

案の定、寿豊は怪訝《けげん》そうな顔になったが、「これはどういう意味ですか？」と尋ねたりはせず、濱地の方も説明を加えなかった。ユリエの名刺には〈濱地探偵事務所〉としか書かれていない。

「鈴奈さんがあんな形で見つかったのは、すごいショックでした。彼女の身に何があったのか、さっぱり判りません」

おぼっちゃまは、鼻筋が通ったそこその美青年だった。口元には那珂咲恵の面影がある。黙っていれば申し分はなかったのに、しゃべるといささか印象が変わった。語彙《ごい》が乏しいわけではなく、むしろ頭のよさを感じさせるのだが、どことなく幼いのだ。

――おぼっちゃま育ちだという目で見ている偏見のせい？　無意識に先生と比べてしまって同世代の男性が未熟に見えてしまうのかしら？

ユリエはしばし考え、この人は正業に就いたこともなければお金の心配をしたこともないのだから、おっとりしているのが当たり前だな、と結論を下した。

赤波江から聞いたとおり、鈴奈との関係については「女友だちでした」と繰り返すばかり。なれそめは「バーで飲んでいたら向こうから話しかけてきたんです」。彼女の家が全焼した四日前にも会っていたが、「不審な様子はありませんでした」。殺された理由については「心当たりがありません」。何を熱心に取材していたのかは、「仕事の話はしたがらなかったので知りません」。そんな調子なので、手帳をかまえたユリエはほとんどメモすることがなかった。

「お母様のドラマや映画はよく拝見しています。去年公開された『キリンのいない動物園』もいい作品でした」

濱地が話を変えると、女優の息子は「どうも」と形式的に言った。

「人気に火が点いた『ひと夏の奇跡』も好きなドラマです。あれで主役を食って注目され、『シルエット・シティ』の主役に抜擢《ばってき》されたんでしたね。あの頃、まだ三つか四つだったのではありませんか？　お母様は大変だったでしょうが、寿豊さんも時に淋しい思いをなさったのではないか、と拝察します」

那珂咲恵に関する基礎知識を濱地に授けたのはユリエだ。

「小さすぎて覚えていませんね。物心ついてからも、特に淋しかった記憶はありません」

おぼっちゃまは壁の時計を見た。用件がすんだのなら雑談はやめてお引き取り願いましょうか、と言いたげだ。

「鈴奈さんは芸能関係のネタを追うフリーライターでした。あなたが那珂咲恵のご子息だと知って、面白いエピソードを聞き出そうとしたのではありませんか？」

「知り合った当初に尋ねられたことがありますけど、ぼくが嫌がったので、それ以来母のことは訊こうとしませんでした。鈴奈さんの件について、もう質問はありませんか？　なかったら――」

「はい、これで失礼いたします。お手間を取っていただき、ありがとうございました」

助手は手帳を閉じ、ボスとともに一礼した。

春風がそよと吹き、駅に戻る道は気持ちがよかった。唇を結んで無表情で歩く濱地に、ユリエは話しかける。

「一月十三日のアリバイについては尋ねませんでしたね。斬り込むかと思っていたのに」

「『警察に話してあります。私立探偵に話す必要はありません』と臍《へそ》を曲げられるのは目に見えていたから省いたんだよ」

渋谷《しぶや》をぶらついていた、という当日の彼の行動は確認できていない。

「はあ、それもそうです。しかも、ただの私立探偵じゃなくて心霊探偵ですもんね。

――どうしてあっちの名刺を出したんですか？」

「心霊という言葉にどんな反応をするか窺《うかが》うため。『何だよ、これ。冗談か？』という顔をしていたね。『どういうことをするのか訊いたら面倒臭いことになりそうだ』と思って無視したように見受けた」

「わたしも変な女だと思われたでしょうねぇ。心霊探偵の助手だなんて。――でも先生、彼が『心霊という言葉にどんな反応をするか』を確かめようとしたのはどうしてですか？」

「そんなに深遠な意味があったわけではないんだが……」

語尾が煙のように消える。ユリエと話しながら、濱地は何か考えているようだった。助手が邪魔をしてはいけないので、しばらく黙っていることにした。

右手には、大きな屋敷のブロック塀が続いていた。その途中で濱地は不意に足を止める。

「赤波江さんと会って話したいので、電話を入れてみる。その前に、志摩君、助手のきみに言っておこう。駒井鈴奈を殺し、首を切断してトランクに詰め、冷たい真冬の海に沈めたのは熊取寿豊だ」

「えっ」と声が出た。

「彼女の家に火を放ったのも、われわれがさっき会った男に違いない。別の人物の犯行だと考える根拠がないからね。目的は証拠隠滅。あそこが殺人現場だろうから、色々とまずいものが遺《のこ》っていたんだ」

急な展開に、ユリエは頭がついていかない。

「くわしい説明は後で」

濱地は携帯電話を取り出した。

もう一度お話がしたい。十分でいいから時間をもらえないか。

濱地健三郎という探偵から電話を受けて、会う義務もないのに承諾してしまった。どんな調査をしているのか気になったのだ。心霊探偵などというふざけた肩書だから、聞いて呆《あき》れる探偵ごっこをしているだけかもしれないが。

そんな職業は、漫画や小説の中にしか存在しないと思っていた。超自然現象の謎に挑むのがふさわしい役どころで、市井《しせい》の殺人事件について調べるだなんて不似合いではないのか？　妖怪や透明人間のしわざとしか考えられない摩訶《まか》不思議な事件なら判るが。

——「ふだんはどういった案件を扱っているんですか？」なんて尋ねてやるもんか。そう訊いて欲しくて、うずうずしているだろうから。

午後三時。約束の時間ちょうどにチャイムが鳴った。ドアホンのモニターを見ると、濱地と助手が立っている。紳士風の探偵はモノクロ映画に出てくる俳優か舞台の奇術師みたいでおかしな感じだが、あの志摩ユリエとかいう子はスタイルがよくて可愛い。鈴奈よりも彼の好みのタイプだ。
――ブラウスのボタンをもう一つはずして、スカートの丈をあと二センチ短くして
くれたら最高だよ。

そんなことを思いながら玄関に向かい、前回と同じく二人をリビングに通した。
「追加の質問でも？　簡単なことなら電話でお答えしたんですけれど。――あ、お茶
を持ってきます。この前は何も出さずに失礼しました」

腰を浮かした彼を、濱地が「どうかおかまいなく」と止める。
「お時間を頂戴《ちょうだい》するだけでも心苦しいので、お気遣いはご無用です。『十分だけ』と
申しましたので、前置きは抜きでさっそく本題に入りましょう」

若い自分に対して馬鹿丁寧な話し方だ。寿豊は、「どうぞ」と促した。
「駒井鈴奈さんを殺害した犯人が誰なのか、わたしは知っています。あなたです」

いきなり喉元《のどもと》に日本刀を突きつけられた気がした。こんなふうに出てくるとは予想
もしなかった。
「……ふざけないでください。真面目な顔でそんなことを言われたら、びっくりする
じゃないですか」

「どこまでも真剣です。あなたが鈴奈さんを殺し、首を切った遺体を東京湾に遺棄し、犯行現場である鈴奈さんの家を燃やした。わたしは、そのことを知っているんです」

「『知っている』ね。一部始終を空の上から見ていたんですか？」

濱地は、まっすぐ寿豊の目を見据えて言う。

「昨日、わたしは鈴奈さんのお父様に会って、自分が知った重大な事実、つまりあなたが犯人であることをご報告しました。お父様が依頼人なのですから、そうするのが当然です。すると、どうおっしゃったと思います？『熊取寿豊さんに自首を勧めてください』ですよ。正直なところ、意外なお言葉でした。『すぐ警察に報告してくれ』や『有無を言わさないための証拠を固めろ』といった指示が飛ぶと思っていましたから。娘の命を奪った上、その遺体にまでひどい仕打ちをし、さらに家を焼き払った悪《あく》辣《らつ》な犯人に情けをかけ、自首を勧める。できることではありません」

「馬鹿らしい」

吐き捨てて、顔をそむける。絨毯《じゅうたん》の幾何学模様をにらみながら、寿豊は大急ぎで考えた。

――この探偵には大した話をしていないんだ。尻尾《しっぽ》を掴まれるような失言なんか、おれは絶対にしてない。警察がもたもたしているのに、こいつにだけ真相が見抜けるはずがないだろう。調査能力がないから下手なはったりで揺さぶろうとしているんだ。

「帰ってくれ」

邪険に言ったが、探偵は涼しい顔をしている。

「十分いただきましたね。まだ一分しか経っていません。――この事件には普通でないところが二つありました。一つは、被害者の頭部を切断したこと。そんなことをしても被害者の身元がすぐに突き止められるのは犯人も判っていたはずなのに。もう一つは、被害者の家に放火をしたこと。そこが犯行現場で、証拠となる諸々を隠滅するためだったのでしょうが、三ヵ所に火を点けるというやり方が大袈裟《おおげさ》だ。中でも妙なのは、トイレが火元の一つだったことです。家のあちこちから燃えるようにしたのだとしても、わざわざトイレを選ぶでしょうか？　もしかしたら、犯行はトイレで行なわれたのかもしれない、とわたしは考えました。だから、そこを念入りに燃やす必要があったのです」

その推測は当たっているが、自分が犯人だということに結びつきはしない。だったらどうした、と寿豊は思う。

「見つかった鈴奈さんの遺体に外傷はなく、毒物を投与されてもいなかったので、頭部に致命傷を受けたと推認されます。しかし、犯行現場がトイレという狭い空間だとすると、凶器を振り上げて殴打するのは難しい。殴られたのではなく突かれたのかな、とわたしは考えました。凶器となったのは、たとえば槍《やり》。あるいは弓矢」

寿豊は「はっ」と嗤った。

「よくそんなことを思いつきますね。槍だの弓矢だの、まるで戦国時代だ」

そのひと言を濱地はすくい取る。

「戦国時代には鉄砲もありました。鈴奈さんは、銃撃されたのかもしれない」

鏡を見ていなくても、自分が蒼《あお》ざめたのが判った。血の気が引く感覚があったのだ。

――まぐれ当たりなのか？　鈴奈が拳銃で撃たれた可能性が出てくるだけで、無茶苦茶やばい。

警察が全力を尽くして自分の身辺を調べたら、ある人物に行きつく。かつてのワル仲間の兄で、広域暴力団の構成員。二年前、彼が本気で自殺を考えていた時に、「護身用に欲しい。金に糸目はつけないから」と頼んで東南アジア製のトカレフ一挺《ちょう》を融通してもらった。死ぬ気がなくなってからも、いつか使うことがあるかもしれない、と思ってそれを手元に置いていたのだ。

こっそり所持していただけではなく、たまには持ち歩いた。こんなものをバッグに入れているのがバレたら……と思いながら車を走らせたり交番の前を通ったりするスリルを味わうために。

愚かだった。いくら鈴奈に激怒したとしても、拳銃を持ち歩いていなかったら撃つこともなかった。当人にとっては呪わしい運命だが、他人が聞けばできの悪いコメディだろう。

「撃ったんですね？」

濱地が、首を微《かす》かに右に傾けながら訊いてくる。動揺を見透かされているようだが、まだかすり傷も負っていない。凶器が拳銃であり、二年前に拳銃を入手したことが判明したとしても安泰だ。警察が自分を逮捕するためには、鈴奈の頭部と凶器の拳銃とを見つけ出し、頭蓋骨《ずがいこつ》内に遺っている弾丸がその銃から発射されたものであるという鑑定を下さなくてはならない。

――首は見つからない。胴体と違って、よほどの奇跡が起きないかぎり。

後日、リュックに詰めて秩父《ちちぶ》に行き、山歩きのふりをしながら砂防ダムに深く埋めたのだ。〈小さい方の荷物〉の処理は完璧だったと自負している。拳銃も手元に置いておけないので、山中の別の場所に埋めた。

そんな寿豊に、濱地は言い募《つの》る。

「鈴奈さんが拳銃で撃たれたのなら、犯人が頭部を切断し、トイレに火を放った理由にも説明がつきます。拳銃の出所をたどったら、あなたと容易につながるのでしょうね。だから、鈴奈さんが射殺されたことを隠蔽《いんぺい》するため、頭部はより発見されにくい方法で始末したわけだ。トイレを徹底的に焼き尽くしたかったのは、現場検証によって硝煙の痕跡が出ることを恐れたためだと思われます。――違いますか？」

鋭い切っ先は、正確に急所を突いてくる。心霊探偵などと名乗るインチキくさい私立探偵に、一気に攻め込まれるとは夢にも思わなかった。

心細くて何かにすがりつきたくなるが、支えはどこにもない。これまでと同じだ。父親も母親も、いつも自分自身のことに忙しくて彼をかまってくれなかった。彼らは懸命にその時々にしなくてはならないことに打ち込んでいたのだが、子供にすればやはり淋しかった。両親とも後ろめたかったのか、潤沢《じゅんたく》なお小遣いを与えて「何でも好きなものを買って、好きなようにしなさい。おまえも自由だ」と息子を放任しながら、胃痛がするほどの心配事を息子が抱えていても、気づいてくれなかった。

鈴奈にすれば、そんなものは贅沢な悩みということになるんだろう。何でも簡単に手に入ったせいで何かを手に入れる喜びを知る機会がなく、自分が何をしたいのかも見つけられず、破格のお小遣いに群がるワルにおだてられて、彼は盆栽の松のように捻《ね》じくれていった。

——その末路がこれか。おれが捕まったら、ママを救えない。パパも悲しむ。

絶望しかけたが、諦《あきら》めるのは早い。

鈴奈の頭部と拳銃の両方が出てこなければ、濱地の推理は言い掛かりに等しい。寿豊が自白しなければ、それらを見つけることは不可能である。

功を焦ったのか、探偵は性急すぎた。それらしい仮説をぶつけて「自首しなさい」

と揺さぶれば犯人はたちまち降参する、と期待したのだろうが、頭部と拳銃を見つけられないにせよ、もう少し状況証拠を固めてからくるべきだった。

「温情めかして、自首を勧めるしかないのがつらいですね」寿豊は言った。「それって、わたしの推理には根拠も証拠もありません、と認めることです。濱地さんの想像力がたくましいことだけはよく判りました」

助手が小さく肩を落とした。思惑どおりに運ばなくて落胆したのだろう。これしきのことで片がつくと思っていたのか。

――いや、待て。

濱地が余裕たっぷりに推理を並べるので、それに気圧《けお》されてとんでもないことを見逃していた。

「だけど、変ですね。凶器が拳銃だったという推理はそれなりにもっともらしいけれど、あなたはぼくと拳銃を結びつけるものは何も摑んでいない。何故、ぼくが犯人なんですか？　まさか鈴奈の幽霊が耳打ちしてくれた、とか言うんじゃないでしょうね」

濱地は、寿豊の右肩の上を指差した。

「そこにね、いるんですよ、彼女」

「え？」

「あなたを恨めしげに見下ろしている。何も語りかけてくれませんけれど、首だけが風船みたいに虚空に浮かんでいます。彼女がそこにいてくれたおかげで、お会いした瞬間にあなたが真犯人だということだけは判りました」

――子供騙《だま》しの脅しだ。

「へえ、あなたにだけ視えるんですか。そりゃ警察に行かず、自首させたがるのも納得です。肩の上に被害者の幽霊が浮かんでいると心霊探偵が言うから、という理由で警察が動くわけがない」

探偵は自分の額の一点を人差し指で示す。それが意味するところは明白だった。

「彼女のここに、黒い孔がぽっかりと開いています。ぴたりと合っているでしょう？」

寸分の狂いもない。

――そこに命中したことを、どうして知っている？　おれの肩の上には、本当に鈴奈の死に顔が浮いているのか？

彼女の額に銃弾が穿《うが》った痕《あと》。その黒々とした孔が脳裏に甦ったかと思うと、みるみる大きくなっていく。

慌てて両手で口元を覆った。恐怖の叫びが迸《ほとばし》るのを抑えるために。

気味の悪い家

連休が明けて最初の土曜日。

新宿駅西口に佇《たたず》む志摩ユリエは、ちらりと腕時計を見た。十一時まであと五分。そろそろかな、と思ってきょろきょろしていると、〈わナンバー〉の白いマークXが近づいてきて、静かに停車した。

「志摩さん、お待たせ」

助手席のパワーウィンドウが開き、運転席から童顔隠しのサングラスをした進藤叡二《しんどうえいじ》が弾んだ声で言う。

「お待たせしていないよ。まだ五分前じゃない」

「いえいえ、一分であっても先輩を立たせていたのは俺の大失敗です。さあ、どうぞ」

「わざわざ先輩って言わなくていいよ。きみとは一歳しか違わないんだから」

進藤は大学時代に入っていた漫画研究会の後輩で、ちょっと軽い一面があったものの優しく〈気のいい奴〉で、男子会員の中では最も話が合った。休日に一度だけホラー映画を観に行ったことがあるぐらいで互いに恋愛感情は一切なし――であったのだが、もしかしたらこの後輩に憧《あこが》れられているのかも、と感じたりもした。そんなものは錯覚かもしれず、二年前に卒業してからは連絡も取っていなかった。

仕事の帰りに街でばったり再会したのは一ヵ月前。「久しぶりね」「晩飯、これからですか？　なら一緒に」ということになり、この近くの居酒屋で近況など語り合った。駆け出しのライターをしながら漫画原作者を目指しているという彼――漫画家になるのは諦《あきら》めていた――は学生時代よりは積極的になっていて、「また会いましょうよ」と誘ってきた。翌週に中華、その翌週にはイタリアンを仕事帰りに割り勘で食べ、とうとう休日のドライブとあいなった。

さては一気に関係を深めるつもりか、と思いながらもユリエがＯＫしたのは、まんざらでもない気分になりかけていたからだ。進藤は以前どおり愛嬌《あいきょう》があって話が楽しい上に、童顔で華奢《きゃしゃ》なのは変わらなかったけれど、男らしさがほどよく加わっていた。前の彼氏と別れて十ヵ月。デートのある生活が復活すれば、おしゃれをする甲斐《かい》もあるから毎日に張りが出る。

探偵助手兼秘書を務める平素は白いブラウスにタイトスカートで通しているが、今日は花柄をプリントしたブラウスにシフォンの巻きスカートだ。昔から進藤の好みがこういうふわふわスカートなのは知っている。

「この車、高くつくでしょう。　上司や接待のお客さんをゴルフ場に運ぶのが似合いそう。無理したんじゃないの？」

助手席に乗り込みながら言うと、進藤は胸を張る。ダイエットしすぎのファッションモデル並みにスレンダーだから、いたって薄い胸だが。

「Eクラスです。志摩さんとドライブするんですから、これぐらいの車がふさわしいでしょう。じゃあ、海を眺めに出発しますか。そこから首都高に上がります。レインボーブリッジを渡って湾岸線経由で湘南《しょうなん》へ」

「うん、任せた」

シートベルトを締めて、ふとルームミラーに目をやった瞬間、ユリエの全身に電気が流れた。

「待って、叡二君」

「え？」

彼女はシートベルトをはずし、ハンドルを握ってこちらを向いた男に詫《わ》びる。

「せっかくだけど、ごめん。この車には乗れない」

「……どうしたんです？」

進藤は呆気《あっけ》にとられている。とっさに適当な理由をでっち上げることもできないユリエは、ありのままを答えるしかなかった。

「そのミラーに」指差して「顔が映ったの。中年の男の人がすごい形相《ぎょうそう》でにらんでた」

「目が合ったんですか？」

進藤は後部座席を振り返ってから、「誰もいませんよ」と言う。

「そんな人がいたら、叡二君がとっくに気づいてるわよね。でも、わたしは見たの。この車には何かあるのよ。だから怖くて乗れない。……ドライブって気分じゃなくなった」

ユリエはミラーを見ることができずに俯《うつむ》いたままだ。進藤の決断は早かった。

「ユリエさんは降りて、この前〈別腹のパフェ〉を食べた喫茶店で待っていてくれますか。車を返して二、三十分で戻ります」

「うん」と答えて外へ出ると、マークXはたちまち走り去った。

ビルの地下にある喫茶店でミルクティーを飲みながら待つ間、進藤に申し訳なくてならなかった。立場が逆だったら、ふざけないで、と怒鳴りたくなっただろう。

二十分ほどで姿を見せた彼は、怒るどころか「大丈夫ですか？」と気遣ってくれて、身が縮む。

「本当にごめんなさい。せっかく素敵な車で迎えにきてくれたのに」

彼は〈気のいい奴〉の本領を発揮して、「かまいませんよ」と鷹揚《おうよう》だった。

「志摩さん、変な探偵事務所で働いているんでしたね。あ、すみません、変だなんて失礼か」

「実際に変な探偵事務所だから謝らなくていいよ」

「幽霊だの呪いだのにまつわる事件を専門に扱う心霊探偵事務所。そういうところに勤めているうちにボスの影響を受けました？　学生時代は『わたし、霊感があるの』なんて言う子にシニカルな反応をしていたのに」

　ことさら冷笑的な態度をとったつもりはないのだけれど、その子の場合はあまりに嘘っぽかったので、こっそり溜め息をついた覚えはある。演技で周囲の関心を惹《ひ》こうとする偽霊感少女に白けただけで、もともとオカルトや超自然的なものには興味を持っていた。漫画家の道を断念した後、一年ばかりの興信所勤めを経て、心霊探偵・濱地健三郎の下で働くようになったのも、かねてよりその方面への興味を抱いていたためだが——。

「わたしには霊感なんてなかったはずなんだけど……濱地先生の影響が出てきているのかも」

「その濱地先生みたいに、幽霊が視《み》えるようになってきたのかもしれませんね。だとしたら、まずくないですか？　いや、志摩さんが視たいんならかまいませんけど」

「視たくないわよ、幽霊なんて。旅行先のホテルや旅館で、『ここは妖気がするので、違う部屋に替えてください』とか頼む面倒な人になるのは嫌。第一、視えたら怖いじゃない」

進藤は、「ですよね」と頷《うなず》く。

「でも、さっきは一瞬だけど視えちゃった。新しい扉が開いてしまったみたいね。……思い当たる節がある」

街を歩いていて、通り過ぎ様に何でもない路地の奥から得も言われぬ奇妙な空気が漂ってくるのを感知したり、目に見えない誰かとすれ違った気がしたりすることがあった。二ヵ月ほど前からのことだ。濱地に頼まれた調査で歩き回り、疲れたので公園のベンチで一服しようとしたら、〈そこに座ってはいけない〉という気配がして退散したこともある。

「何かの能力が覚醒《かくせい》したのかもしれない。志摩さん、それでいいんですか？　恐ろしいものが視えてしまう霊能力者になりたくないのなら、探偵事務所を辞めたほうが……」

心配してもらってうれしかったので、「ありがとう」と礼を言った。

「まだ覚醒と決まったわけじゃないし、今の仕事はスリルがあって面白いし、先生は三十代か五十代か判らないほど年齢不明だけどいい人だから、もう少し様子を見る。

本当にやばそうだったら転職するから」

進藤はそれ以上は何も言わず、コーヒーを飲み干してから、さばさばした調子で提案する。

「予定どおり海を見に行きましょうか。電車で」


初夏の日差しを浴びた長閑《のどか》な風景が、ゆっくりと車窓を流れていく。内房《うちぼう》線を走る列車は君津《きみつ》を過ぎると単線区間に入り、右手に浦賀《うらが》水道《すいどう》が見えるようになった。陽光を眩《まぶ》しく反射させ、海はキラキラ輝いている。

「わたしのそばにいるからといって、霊的な能力が覚醒するとは限らない。これまでにそんなことはなかったよ」

クロスシートの向かいに座った濱地は、穏やかに言った。ユリエは、その言葉を鵜《う》呑《の》みにすることはできない。

「本当ですか、先生？　わたしが不安にならないよう配慮なさっているのかもしれませんけど、ごまかさないでくださいね」

車内の乗客が減ってきたので、思い切ってボスに尋ねてみたのだ。気休めは無用だから、真実を教えてもらいたい。

濱地はオールバックの髪を撫《な》で上げながら、ユリエの目を見て答える。

「姑息《こそく》なごまかしなんかはしない。もし、わたしと一緒に働くことできみに異変が生じる可能性があるのなら、あらかじめ説明をしていたよ。大事なことだからね」

両掌《りょうてのひら》で包むように持っていたペットボトルのお茶をぐいっと飲んでから、ユリエは頭を下げた。

「失礼しました。先生は本物の紳士だから、嘘なんかつきませんよね。わたしの中で何かが目覚めたような感覚があるんですけれど……錯覚でしょうか？」

「それは判らない。もし、何かが目覚めたのだとしたら、それはもともときみの中にあった能力なのだろうね。わたしの仕事を手伝って色々な体験をしている間にそれが刺激された、ということもないとは言えない。だとしたらわたしは幾許《いくばく》かの責任を感じるけれど、現時点では結論は保留しよう。すべてはきみの気のせいかもしれない。問題の車にわたしが乗って試してもいいが」

進藤に訊《き》けば借りた車を特定できるだろうが、濱地にそこまで手間を取らせるつもりはない。

「何かが目覚めてしまったのが明らかになって、それを後悔するようになったら、わたしの元を去ってくれてかまわないよ。きみを不幸にすることは本意ではないから」

「霊的な能力を持つことは不幸なんですか？」

ユリエは、その点が最も気になっていた。濱地は心霊探偵として捜査の依頼を受け、いくつもの事件を解決に導いてきたが、それはとりも直さず特異な霊的能力によって悲惨な真相を見抜けるからだ。正義の実現に貢献するため、真実を掘り出す彼の行為に崇高さを感じることがある。しかし、口には出さずとも濱地本人は精神的に大きな負荷を受けていることが察せられ、よけいなものが視えなくてよかった、ともユリエは思っていたのだ。

「視えることが不幸と言うわけでもない。最初は戸惑うだろうけれど、慣れてしまえばそれが日常になるし、危険を回避する術《すべ》にもなる」

「はあ」

「人間の心の暗部を覗《のぞ》いてしまい、ぞっとすることがあったとしても絶望しなくていい。その反対に、時として人間の思わぬ気高さを垣間《かいま》見ることもできるんだよ。視えるのは幸福でも不幸でもなく、単に世界が拡張しただけだ」

ユリエは再び「はあ」と応《こた》えるしかなかった。

「きみの世界が広がったのかどうか、今度の調査は試金石になるかもしれないね。独りで片づけようかとも思ったんだけれど、きみに同行してもらってよかったと言うべきか。――そろそろ目的の駅が近いんじゃないかな」

それぞれの荷物を手にホームに降りると、五月の風がユリエの髪を乱した。気持ちがいいので乱れたままにして、濱地に続いて改札口に向かった。仕事でなければユリエがこの駅にくることは一生なかったであろうし、再び訪れることもなさそうだ。困難で危険な調査になるかもしれないが、旅行にきた気分がした。

「濱地先生ですね？」

藤色のワンピースを着た四十歳ばかりの女が、改札口で二人の到着を待っていた。目と眉《まゆ》が垂れ気味で、優しい顔立ちをしている。心配事を抱えているせいか、いささか表情に翳《かげ》があったが。

「はい。久米川素子《くめがわもとこ》さんですか？」

濱地が答えると、相手は腰を折って低頭した。

「久米川でございます。遠くまでご足労いただいて、ありがとうございます。どなたにおすがりしたらいいのか判らなかったところ、先生のお噂を耳にしたもので、突然のお電話をしてしまいまして」

恐縮する依頼人を安心させるように、濱地はにこりと微笑む。

「どんな電話も突然にかかってくるものですよ。簡単なお話を伺っただけですが、わたしが調査に当たるのがふさわしい案件だと思って参上いたしました」そう言って名刺を差し出してから「これは助手の志摩ユリエです」

紹介されてユリエは一礼し、自分の名刺を渡した。久米川は押し戴《いただ》くようにして受け取る。

「問題の家はお宅の隣だそうですが、中に入って調べられるのでしょうか?」

濱地の問いに「はい」と畏《かしこ》まって答える。

「現在の持ち主から鍵を預かっていますので。車でご案内いたします。どうぞ」

がらんとした駅前に駐《と》めてあった軽自動車に乗って、十分ほど南西に走った。軒の低い家並みの向こうに海が見え隠れする。二日前に行った湘南の海岸はあのあたりかな、とユリエは探しかけたが、三浦《みうら》半島の向こう側なので見えるはずがない。

ドライブデートを台無しにしたのを咎《とが》めるどころか、奇怪なものを視てしまった彼女を気遣って、進藤は明るくふるまってくれた。救われた思いでいたら、そんな彼がランチを食べたレストランの階段で足を踏みはずし、軽く捻挫《ねんざ》してしまった。江《え》の島《しま》を散策するはずが喫茶店でだらだらしゃべるだけのデートになったが、どちらにとってもいい休日だったと思う。

久米川宅は青い屋根と大きな窓が印象的で、芝生を敷き詰めた庭があり、建売住宅のテレビCMに登場しそうな家だった。夕刻に温かい明かりが灯《とも》れば、幸せな家庭のイコンと化すだろう。

東側は更地で、西側はちょっとした雑木林。その木立の間から〈問題の家〉がちらりと覗いていた。オレンジ色の屋根瓦《がわら》を敷いた二階家だということは判る。小さな町のはずれで、付近には民家が疎《まば》らに散っているだけだった。

依頼人は濱地たちを自宅の応接室に通し、まずはコーヒーを供してくれた。事務所でユリエが淹《い》れているものより芳醇《ほうじゅん》でおいしい。

家の中は静かで、サッシ窓の外で雀が啼《な》く声だけが聞こえていた。夫は造園会社に勤めに出ており、大学生の一人息子は東京で下宿しているので、昼間はいつもこんな様子だと言う。穏やかな田園生活である。

この度、心霊探偵に調査の依頼をしたことは夫には内緒なのだそうだ。隣家のことを案じているのは妻だけで、夫は頓着《とんちゃく》していないらしい。

「林の向こうに建っている家がご覧になれたでしょうか？　あれが、神足《こうたり》さんのお屋敷です」

お屋敷と呼ぶのはちょっと大袈裟《おおげさ》な気がしたが、風格のあるシルエットだった。

「隣家と言っても、五十メートルほど離れているんですね」

カップを手にしたままユリエが言う。

「はい。神足さんご夫妻が住んでいらしたときも、顔を合わせたら挨拶をするぐらいで、ご近所付き合いはほとんどありませんでした。距離があるせいだけでなく、あちらはお二人とも世間と没交渉で暮らしておられたので」

神足新蔵《しんぞう》と設子《せつこ》の夫妻は、ともに画家だった。新蔵は画壇に高名を轟《とどろ》かせるほどではないが、さりとて無名でもなく、絵だけで生計を立てていたらしい。設子にはそこまでの実績はなかったが、銀座《ぎんざ》の画廊で個展を開いたりはしていたそうだ。

　ユリエが事前にインターネットで調べてみると、それぞれ画風は大きく違っていた。新蔵はどこか陰鬱《いんうつ》な風景画を専門としていたのに対し、設子は非現実的なイメージの中に写実的な人物を置いた肖像画を得意としていたようだ。著名な画家ではなかったせいなのか、あるいは揃って写真嫌いだったのか、夫妻の顔写真を見つけることはできなかった。

「あちらの家でおかしなことが起きる、ということでしたね」濱地が口を開く。「何人かの方が、家に足を踏み入れた後、原因不明の高熱を出して苦しまれたとか」

「そうなんです。半年前に空き家になってから、前を通っただけで『気色が悪い』と言う人がいたんですけれど……。三ヵ月ほど前、中学生たちが鎧戸《よろいど》の壊れた窓のガラスを破って侵入し、家中を探索しているうちに一人が倒れて騒ぎになりました。それでお化け屋敷だという評判が広がって、わざわざ見物にくる物好きな人が現われたりして……」

　今度は無作法な高校生二人が忍び込み、一人が泡を噴いて倒れるという小事件が発生したため、「あの家は呪われている」と恐れられるようになった。悪戯者《いたずら》が寄りつかなくなったのはいいとして、呪われた屋敷の隣に住む素子にしてみれば愉快ではない。

「少し離れていますから、怖がるほどのことではなかったんですけれど、お化け屋敷の隣の家、と言われるのが嫌でした。十日前、横浜から久しぶりに遊びにきた弟にそんな愚痴をこぼしたら、『面白いな。姉さんはあの家の鍵を預かっているんだろ？中に入ってみたい』なんて言いだしたんです。おっちょこちょいのお調子者なのは昔からで、『いい齢《とし》をしてつまらないことを言わないで。およしなさい』と止めたんですけれど……」

どうしても入りたい、と弟の道明《みちあき》が子供のようにせがむので、素子は折れた。

「わたしも一緒にお屋敷に入ることにしました。それまでは呪いだの祟《たた》りだのは信じていなかったので、別に恐ろしくはありませんでした。粗忽《そこつ》な弟がそのへんのものを下手にいじって壊したりしないように、監視するつもりで立ち会ったんです。空き家ですけれど、弟の酔狂に付き合うついでに窓を開けて換気をしてあげよう、というつもりもありました」

二人してお屋敷に入ったのは、まだ日が高い午後四時過ぎのこと。久しぶりに人間の立ち入りを許した邸内の空気は澱《よど》み、部屋の隅には綿埃《わたぼこり》が転がっていた。家具や調度はすべて主《あるじ》が暮らしていた時のままで、留守宅に上がり込んだようだった。

「異様な雰囲気は感じませんでした。中学生や高校生が卒倒したのは、悪いことをしているという後ろめたさが原因だった、と思っていましたし、わたしはまるで平気だったんですけれど……」

一階の応接室、リビング、キッチンと見て回り、階段を上りかけたところで、道明の態度に変化が表われた。「嫌な気配がある」と言うのだ。素子が鼻で笑って「怖かったら帰る？」と訊いたら、「いや、面白くなってきたのに引き返せないよ」と強がる。

「道明さんは、霊感が強いんですか？」

濱地が挟んだ質問に、素子は真顔で「はい」と答えた。

「霊感と言っていいのかどうか……。幽霊を視たりはしないんですけれど、漠然とした危険を察知する能力があるようです。子供の頃から、『こっちの道に行ったら駄目！』と半泣きで訴えて、家族を驚かせることがありました。どうして駄目かと訊いたら、『危ないから』と」

「『あれに乗ってはいけない』と言ったバスが、直後に谷底に転落したりということは？」

「いいえ、そういうことはありません」

微妙だな、とユリエは思った。それだけのことならば、思い込みが激しいだけなのかもしれない。

「やめておけばよかったんですよ。なのに、姉の前で恰好《かっこう》の悪いところを見せたくなかったのか、弟が顔を強張《こわば》らせて二階へ上がっていくのでついて行きました。階段を上がったすぐ脇が二十畳ほどの広さのアトリエ。奥さんの設子さんがよく使っていた仕事部屋で、描き上げた作品もイーゼルやら油絵具やらパレットやらの画材も置いたままになっています。そこに二、三歩入ったところで、弟はようやく弱音を吐きました」

恐怖していることを認めたのだ。その時の様子をくわしく話すように濱地が促す。

「呼吸が荒くなって、まず『おかしいよ』と言いました」

「何に対して？　あるものに視線をやりながら口走ったんですか？」

「何かに対してというよりも、部屋に立ち込めた空気から普通ではないものを感じたみたいです。『おかしい。変だ』と呟《つぶや》いて足が止まり、自分の両肩を抱いて『ああ、気味が悪い』と言った途端に、喉《のど》を詰まらせたように呻《うめ》き、口から少量の泡を噴いて膝《ひざ》を突きました。わたしが慌てて駆け寄り、『大丈夫？』と尋ねたら、すがるような目をして『苦しい』と……。さすがにわたしも怖くなって、弟を立ち上がらせて逃げました」

道明を自宅に連れ戻ったものの、彼は何かに怯《おび》えたまま脂汗を流し、額に手を当てると熱っぽかった。急いでベッドに寝かせ、往診にきてくれる掛かりつけの医者を呼んだが、突然の変調の原因がさっぱり判らない。素子の話を聞いた医者は、「緊張と興奮からきた心因性の発熱でしょう」などと説明をつけ、解熱剤と鎮静剤を投与した。

「弟は翌朝まで眠り続けました。ずっと付き添っていたわけではありませんが、様子を時々見に行くと、『すみません、すみませんでした』と寝言で誰かに詫びていたんです。悪い夢を見ていたんでしょう。お薬が効いたのか熱は次第に下がっていって、目が覚めた頃にはだいぶ楽になっていたようです。昼過ぎにはベッドから起きて、食事がとれたので胸を撫で下ろして、『いったい、どうしたの？』と訊いたら――『何も覚えていない』と」

アトリエに入る直前までは記憶があったが、そこから先が完全に途絶していたのだ。色々な夢を見ていたような気がするが、その内容もすべて忘れていた、とのこと。

「弟さんは、そのまま元気になったんですね？」

「はい。『姉さんには迷惑をかけたね』と言って、あくる日には帰って行きました。ただ、駅まで車で送る際、『あの家の前は絶対に通らないでくれ』と頼まれましたから、何も覚えていないと言いながら、お屋敷への恐怖は心のどこかに残ったようです」

「その後、弟さんは？」

「幸い異常はありません。昨日も電話をかけてみたんですけれど、元気で仕事に励んでいるみたいです」

「悪戯小僧たちも同じような様子だったんでしょうか？」

「はい。まわりを慌てさせましたが、学校を一日休んだ程度で恢復《かいふく》しています」

「彼らもアトリエで気分が悪くなったんですか？」

「高校生はアトリエに入ってしばらくしてから変になったということです。中学生の方は、その前の廊下で。——その子はアトリエに入っていないので、室内によくない空気が溜《た》まっていたせいだとは思えません。それだったら一緒にいた高校生の友だちやわたしも無事でいられなかったでしょうし」

心因性のものという医者の適当な見立てにも納得がいかず、やはり霊的なものが原因なのだろうか、とユリエは思った。濱地は結論を急がず、隣家が空き家になった経緯について尋ねる。

「わたしどもがこの家に引っ越してきたのは四年前なのですが、神足さんはそのさらに三年前からあの屋敷でお暮らしでした。かつて高校の美術の先生が住んでいた家だそうで、使い勝手のいいアトリエがあったので購入したようですね」

雑木林を隔てた隣人の身に変事が出来《しゅったい》したのは、今から一年ばかり前のこと。妻の設子が失踪《しっそう》したのである。その時点で夫は三十八歳、妻は三十三歳だった。

「くわしいことは知らないんですけれど、絵のモデルをなさっていた人と逃げたらしいんです。奥さんを見ないわね、と近所で囁かれだして、町でお見掛けした旦那《だんな》さんにわたしが尋ねてみたら、『とんだ不覚です。実は――』と渋い顔で話してくれました。しかも、驚いたことに一緒に逃げた相手というのが女なんです」

設子は、好んで女性の肖像を描いており、それまでにも何人かのモデルを自宅のアトリエに招いていたという。新蔵は日本各地に写生に出掛けて自宅を留守にしがちだったそうだが、まさか妻を女性モデルに奪われるとは想像もしていなかったであろう。

「若くて美しいモデルだったんでしょうか？」

濱地の問いに、素子は「いえいえ」と首を振る。

「旦那さんより一つ上だと聞きました。名前は確か……そう、山野希美《やまののぞみ》さん。旦那さんの美大時代の先輩だそうです」

女性の先輩に妻を奪われるだなんてことがあるのか、とユリエは呆《あき》れてしまった。

濱地はというと、慎重に事実関係の確認をする。

「山野さんという女性が設子さんの絵のモデルを務めるようになったのは、どういう経緯からでしょう？」

誰が盗み聞きしているわけもないのに、素子は声を低くする。

「旦那さんの話によると、こうです」

山野希美は、美大を卒業してすぐに絵の道を捨てて何をしているのか不明の〈青年実業家〉と結婚するが、数年で離婚。慰藉《いしゃ》料をたんまりもらった後、しばらくアメリカに渡って気ままに暮らしていたらしい。何年か前に帰国して、ふらりと新蔵の個展に顔を出したのがきっかけで交流が再スタートし、お屋敷に遊びにきて滞在するうちに設子とも親しくなる。

「そのうち設子さんが『絵のモデルになってください』とお願いしたんだそうですよ。わたしは、たまたま山野さんという人を一度だけ見掛けましたけれど、こんなにぱっちりと大きな目をしていて」ここで自分の両目を指で開いて見せる。「唇は肉厚で、なかなか個性的なお顔をしていました。美人の部類に入るかどうかは別として、人を惹《ひ》きつける不思議な魅力がありましたね。設子さんがモデルを頼んだのも判る気がします」

描きたくなる顔というのがある。ユリエの場合、電車に乗っていてロングシートの向かいに猛烈に絵心を刺激される顔を見つけ、漫画にしたくて腕が疼《うず》くことがよくあった。我慢できず、細めに開いた手帳に鉛筆でこっそりスケッチしたことも。

「完成した絵の出来に設子さんはとても満足して、山野さんには二度三度とモデルを頼みました。半月ほど集中して描くとかで、その都度、山野さんはお屋敷に滞在します。そんなことが可能な生活をなさっていたんでしょうね。旦那さんは写生で日本中を飛び回っていて、しょっちゅう家を空けます。だから、山野さんが泊まり込むのはむしろ歓迎していたと言います。設子さんが淋《さび》しがらないし、独りきりにさせるより安心だったわけですが、『それが禍《わざわい》しました』と悔やんでおいででした」

　留守宅で、画家とモデルが親密になりすぎたのだ。モデルが男性であれば夫も警戒しただろうが、よもや女性のモデルと妻が過ちを犯すとは思うまい。

「奥さんの設子さんと山野さんという人、もともとそういう指向を持っていたんでしょうか？」

　ユリエが尋ねると、素子は迷惑そうな表情になる。

「そんなことは知りません。でも、設子さんが言い寄られた方じゃないですかね。山野さんという人は自信ありげで、たくましそうに見えましたから」

　一年ほど前、新蔵が写生の旅から帰ってみると設子の姿がなく、〈勝手なことをして、ごめんなさい〉という短い書き置きがダイニングのテーブルに遺《のこ》されていた。いるはずの山野希美も消えていて、妻のスーツケースがない。不可解な状況だったが、彼は何が起きたかをほどなく理解したと言う。そういえば、と思い当たる節があったのだ。

「設子さんと山野さんに、『まるで仲がいい姉と妹みたいになってきたなぁ。亭主としては妬《や》けるよ』と冗談で言ったことがあるそうです」

　二人で駆け落ちまがいのことをしたのかもしれない、と察しながらも、新蔵は取り乱したりしなかった。彼の話したところによると、恋人同士の逃避行ごっこを楽しみ、いずれ飽きたら戻ってくると信じたのだ。その時は山野も一緒に現われて、「奥様を無断で借り出して、ごめんなさいね」と詫びるだろう、と。

しかし、そうはならなかった。二ヵ月経っても三ヵ月経っても帰ってくるどころか二人から何の音沙汰《おとさた》もなく、自分は棄《す》てられたのだ、と自覚するよりなかった。町で会った素子に「とんだ不覚です」と語ったのは、この頃である。

「設子さんは、銀行の通帳などは持ち出していたんでしょうか？」濱地が訊く。「預金を引き出した記録から、およその居所を突き止めることができますが」

「通帳や印鑑は持って出なかったそうですけれど、まとまった現金をお屋敷に置いていたのがなくなっていたとか」

「失踪人として警察には届けなかった？」

「はい。わたしは勧めたんですけれど、旦那さんは『届けを出したら捜してくれるわけでもないし、警察に頼るようなことではありませんから、家で帰りを待ちます』とおっしゃっていました。こちらとしては、『早くお戻りになるといいですね』と言うだけで……」

その後、新蔵は必要最小限の生活物資を買うほかは外に出なくなる。お屋敷に貝のように引きこもって、じっと妻の帰還を待っているのだろう、と不憫《ふびん》に思いながらも素子はよけいなおせっかいは慎み、彼にかまわなかった。そのことを今となっては悔いている。

「精神状態が、だんだん悪化していたんですよ。相談相手もいなかったようで、つらかったんでしょうね。気の毒なことになってしまいました」

半年ほど経ったある日、新蔵は雑木林で縊死《いし》を遂げた。発見したのは、犬の散歩で近くを通りかかった老人。現場の状況から自殺であることは明白で、懐中には「孤独に負けて逝きます。ご迷惑をおかけする各方面の皆さん、どうかお赦《ゆる》しください。何もかもほったらかしで申し訳ありませんが、すべての処分は兄に委《ゆだ》ねます」としたためた自筆の遺書が入っていた。

新蔵には腹違いの兄がいた。昔から不仲で、しかも相手が遠い鹿児島在住ということで、十年以上も連絡すら取り合っていなかったらしいのだが。

「捜査に当たった警察は、遺書に夫人への言及がないことを不自然に思わなかったんでしょうか？」

「うちに聞き込みにきた刑事さんに、設子さんが家を飛び出したきりだと話すと、そりゃ不審がっていましたよ。でも、大した捜査はしなかったみたいです。奥さんに逃げられ、鬱状態になって自殺した。それで一件落着になってしまいました」

ユリエは警察の対応に不満を感じたが、彼らも限られた人員で日々の事件をてきぱきと処理しなくてはならないから、これが現実というものなのかもしれない。

神足設子と山野希美の行方は杳《よう》として知れず、その肉親も捜索のしようがなくて匙《さじ》を投げているらしい。

——人って、そんな簡単に消えてしまうの？

こちらのほうが納得できなかった。二人の女が出奔するところを目撃した人間はいないと聞いて、ユリエは脈絡もなく芥川龍之介《あくたがわりゅうのすけ》の『羅生門』を思い出す。斧《おの》で断ち切るようなその最後の一文を。

——下人の行方は、誰も知らない。

門扉を開けて、神足邸の敷地に足を踏み入れる時、常ならざる気配がしないかとユリエは探ってみたが、霊感がないせいなのか、ここに霊的なものが存在しないせいなのか、何も感じない。濱地は無表情で、お屋敷の外観を見回していた。

「木造の洋館だな」やがて、ぼそりと言う。「防火性を高めるためにモルタルを吹き付けてある。築三十年というところか。風雪で趣のある色合いになっているね。窓の鎧戸は輸入ものだろう。ああいうデザインは国産品にはなかなかない。フランス瓦と一緒に取り寄せたのかもしれない。外壁に夏蔦《なつづた》を這《は》わせようとした形跡があるけれど、うまくいかなかったたな。中途半端なところで生育が止まっている」

建築学科の学生になって、教授とともに洋館の見学にきたかのようだ。前を通っただけで「気色が悪い」と言う人間がいたそうだが、せり出した屋根が作る軒先の影が妙に深いぐらいで、ユリエの目にはどうということもなく映る。むしろ——。

「夫婦二人でこの広さは贅沢《ぜいたく》ですね」

「いいアトリエもあるそうだし、結構な物件だ」

「はい。画家夫婦の住まいとして理想的……って先生、そんなことより何か感知していますか？」

「まだ何も。しかし、中に入ってみないとお化けがいるのかどうか判らない」

探偵は、素子から預かってきた鍵を取り出して、玄関の扉を開ける。依頼人は「あそこに入るのは気が進まないので」と自宅に留《とど》まった。

「隣の家が呪われていたって、それだけなら少し気味が悪いというだけのことですけれど、新蔵さんが自殺したのはあのお屋敷とうちの間の雑木林です。おかしなものがこちらにまで広がってこないか気懸かりでなりません。原因を突き止めて、呪いを祓《はら》っていただきたいんです。主人は『あまり気にするな』と言いますが、手遅れになってからでは取り返しがつきません」

そう言ってから濱地に鍵を手渡した。

彼女は、新蔵の兄から「何かあった時のために」と防犯上の心配から鍵を託されていたのである。弟の好奇心を満たすためにお屋敷に入ったことについて、「軽率でした」というのが本人の弁だったが、心霊探偵に調査を依頼したことに対しては、異状がないかを確かめるための正当な行為だと考えていた。新蔵の兄に相談はしていないというが、悪い判断ではないとユリエは思う。

――呪いが掛かっていたら、不審者が住みつくよりやばいものね。

蝶番《ちょうつがい》がギイと軋《きし》んで扉が開く。幅の広い廊下が奥へと延びて、光が届かないその先は薄闇に没していた。電気がきていないのだから暗いのは当たり前だ。

悪戯小僧たちは、宵の口に懐中電灯を携えて無断で侵入したという。探索を始める前から、びくびくしていたのだろう。案外、医者が言ったことは正解だったのではないかと思いながら、ユリエは濱地の後から中に入った。スリッパに履き替えるのかと思ったら――。

「靴を脱がないんですね。そのまま上がっていいんだ」

「日本の洋館にしては珍しいね」

「靴のままだと何かあったらすぐに逃げられますよ。ああ、わたし、もっとヒールが低い靴にすればよかった」

「全速力で走って逃げる場面に備えているところからすると、きみは何か感知しているのかな?」

「いいえ。そうではないんですけれど、心構えの問題です」

これまでにも濱地の調査に同行して色々な現場に足を運んではいたが、お化け屋敷と呼ばれるところに立ち入るのは初めてだ。今のところ特に不穏な雰囲気はないとはいえ、怪異が生じればいつでも走って逃げられるように、おさおさ心の準備を怠るつもりはない。

――わたしは逃げてもかまわないんだ。危険を感じたら何をさて措《お》いても自分の身を守るように、さっき先生が言ってくれたから。だけど、そんなことで助手と呼べる？

いざという時にどうふるまうべきか、ここまできて迷うユリエであった。助手がそんなことを考えているとは知るよしもない濱地は、用意していた懐中電灯であたりを照らしながら各部屋を見ていく。

想像していたよりも家の中はちらかっていた。妻が家を出た後、新蔵がどんな暮らしをしていたのか定かでないが、最後には鬱状態に陥っていたのだとしたら片づけをする気力も喪失していたであろう。半年前から無人の家だからどこもかしこも埃っぽいのは仕方がないとして、ダイニングの椅子の背には脱ぎ捨てたジャケットやズボンが乱雑に掛かったままで、キッチンの流しには水洗いしたまましき食器が小さな山を築いているのは哀しい。素子は親切心から二週間ほど前に軽く掃除をしたというが、もう部屋の隅やテーブルの脚にうっすらと蜘蛛《くも》の巣が張っていた。

一番奥の浴室まで見たところで、二人はいったん玄関の方へ引き返して立ち話になる。

「志摩君。どうだい？」

「どうって……何がですか？」

「きみのアンテナは反応しているか、と訊いているんだよ」

「懐中電灯を頼りに誰も住んでいない大きな家の中を調べ回るなんて、気持ちのいいものではありません。無人になった不幸ないきさつも聞いたところだし。でも、ただそれだけのことです」

「アンテナはぴくりとも動かず、か」

「はい。昼間だし、先生について歩いただけだからなのかな。夜中に独りでここを調査しろと命じられたら、特別手当を約束してもらっても尻込《しりご》みしそうです」

「あいにく特別手当という規定はわが社にはないんだが――」

濱地は言葉を切って、階段の上に懐中電灯を向けた。階段は踊り場で折れ曲がっているので、階上まで光は届かない。素子の弟、道明が怯えだしたのは二階に上がりかけたところだったのを思い出す。

何が視えたわけでもなく、何が聞こえたわけでもないのに、ユリエの心が揺らいだ。無表情を保ちながら、すでに探偵はよからぬ気配を感じているのではないか、と疑ったのだ。しかし、黙っていることに意図がありそうなので、あえて質《ただ》したりはしない。

「行くよ。ついてきなさい」

手摺《てす》りを手繰《たぐ》り寄せるようにして濱地に続き、ユリエは階段を上っていった。生暖かい風が吹いて頬を撫でることもなければ、外気がにわかに冷たくなったりもしない。一歩ごとに細かな埃が舞い上がるのだけが気になった。

「幽霊が視えるとか視えないとかは能力の問題だとして、呪いというものがよく理解できません」前を行く背中に問う。「いったい、どうやって生きている人間に影響を及ぼすんでしょうか？　顔見知りから『呪ってやる』と宣言されて精神的にダメージを受けるのは判るんですけれど」

アンテナに何も反応しないと言ったものの、アトリエが近づくにつれて不安が忍び寄ってくる。それをごまかすための質問だった。

「この世に残留した思念もエネルギーだから、ヒトやモノに物理的な作用を及ぼすことも可能なんだよ。――志摩君、しばらく口を噤《つぐ》んでいようか」

「はい」と答えて黙る。これから霊感を研ぎ澄ませて調査に入るから、いつでもできる話は帰りの電車の中でしなさい、ということだろう。

階段を上がってすぐの部屋のドアが半開きになっている。濱地の肩越しに覗けば、がらんとした広いアトリエだ。探偵が明かりで照らすと、誰かと待ち合わせているかのごとく所在なげにイーゼルが佇む。傍らの台の上には油絵具やパレット。南側の壁際には大小のカンバスが立て掛けられていた。北側の壁には寒冷地でもないのに暖炉がある。ここを最初に建てた人間の趣味だったのか、装飾用ではなく本物らしい。そして西側の窓には鎧戸が下りて、午後の陽光をほぼ完全に遮断していた。

ふう、と濱地が短く息を吐いた。それからおもむろに歩を進めて、イーゼルに近寄っていく。ボスから離れるのは怖かったので、ユリエはぴたりとくっついていた。

――どこか変。

初めてそう感じて、恐る恐る部屋中を見渡してみるが、怪しげな点はない。それでも言葉にはできない不可解な違和感は強まっていくばかりだ。

「あ……」

自分が怯えていることを伝えようとしたら、探偵は彼女を見もせず「しっ」と人差し指を立てた。このアトリエはただならぬ状態であり、その原因を探っているところなのだ。そう思うと、弥《いや》が上にも恐怖は募っていく。

――心霊探偵の助手なんて大丈夫ですか？　ボスに霊能力があったとしても、おかしなものに取り憑《つ》かれたりしないかなぁ。

江の島の喫茶店でアイスコーヒーを飲みながら、進藤はそう心配してくれた。平気平気と笑って答えたが、真剣に考えるべきなのかもしれない。

まず鼻のまわり、次に口元、それから首筋の毛孔《けあな》から何か邪悪なものが沁《し》み込んでくる感覚があり、ユリエの我慢は限界に達した。無言でいることに耐え切れなくなり、濱地に説明を求める。

「ここ、どうなっているんですか、先生？　妖気みたいなものが――」

「黙っていなさい。そうでないと何が起きるか判らないよ」

暗さに目が慣れてくるにつれて、懐中電灯が照らしていないあたりの様子もぼんやりと判ってきた。恐ろしいものは何も視えず、何も聴こえないままなのに、全身の毛孔はなお開いていく。

「……気味が悪い」

そう呟いた次の瞬間、形のない何かが一気に襲いかかってきた。これまで経験したことのない不快感が体の芯《しん》から突き上げる。心臓、胃、腸。あらゆる器官が不規則に痙攣《けいれん》し、首を絞められたように喉が鳴って、かっと体が熱くなる。

濱地は異変にすぐ気づき、ユリエの肩を抱いて支えた。

「志摩君、しっかりしろ！」

耳のそばで叫んだようだが、その声はとても遠く、歪《ひず》んで聞こえた。アトリエから飛んで逃げ出したいのに体の自由がまったく利かず、その場にゆっくり崩れ落ちる。

――わたしを引きずってでも連れ出して。先生、ここから逃げましょう。呪い殺されちゃう!

頰に埃っぽい床を感じながら、意識が遠くなる。横倒しになった暗い風景の中に、何かが出現した。

——あれは?

次第に輪郭を明瞭《めいりょう》にしていくそれは、前屈《まえかが》みの不自然な姿勢で立つ男の姿だった。闇を通して、表情まで視えるようになる。さっきまで影も形もなかった男は世にも苦しげで、陸《おか》に釣り上げられた魚のように口をぱくぱくさせて喘《あえ》いでいた。

「やけに不満げだな。自分のせいではない、と言いたいのか? 文字どおり往生際が悪すぎるぞ」

頭上で声がした。得体の知れない男に向けて、濱地が叱責《しっせき》を飛ばしたのだ。

「自己弁護の理屈を山のように積み上げているんだろう。しかし、本当にそうかな? 欺瞞《ぎまん》は苦痛を招くだけだ」

男の体は左右にふらふらと揺れる。濱地の言葉に反応しているのだ。まとわりつく不快感が微《かす》かに和《な》いだようで、ユリエは自らを鼓舞する。

——先生は戦っているんだ。わたしを守ろうとしてくれている。どんなふうに戦うのか、しっかり見ないと。

「いまでもここに留まって、きみは何がしたいんだ?」

濱地は、男に向かって歩きだした。戛々《かつかつ》という硬い靴音が、床を通してユリエの耳の奥まで響く。

――気をつけて、先生。

祈るように見ていると、男はさらに苦悶《くもん》の顔になって白目を剝《む》いた。毅然《きぜん》とした濱地の態度に当惑し、怯《ひる》んでいるようでもある。

「何とか言ったらどうだ、神足新蔵」

歪んだ声が何事かを答えた。息継ぎをせず一気にまくし立てているのに、何故か前後左右、様々な方角から聴こえる。それで濱地と意思疎通ができていた。

「それは判った。二人はどこにいる？　教えてくれたら望みをかなえてやってもいい」

声が長々と答え、濱地が何か言い返したが、二人の声が重なったせいか、どちらも歪んでもどかしいことに一語たりとも聴き取れなかった。

――先生が戦っているのに、寝転んでいられない。

全身に火照《ほて》りを感じながらもユリエは何とか上体を起こしたが、それが精一杯で立ち上がることはとてもかなわない。また意識が飛びそうになって、再び床に横臥《おうが》した。

異様な応酬が頭上で延々と続く。苦痛の中にあっては時間の流れが耐えがたいほど遅く感じられ、声帯が自由であれば彼女は喉が裂けんばかりの悲鳴を上げたに違いない。やがて、そんな試練にも終わりが訪れる。

「きみを信じることにする」

濱地は、内ポケットからスイス製のアーミーナイフを取り出した。汎用性《はんよう》があって便利だから、とよく持ち歩いている品だ。それで男に切りかかるのかと思ったら、壁に立て掛けられたカンバスの中から一枚を選び、芝居がかった大きな動作でナイフを刺す。それを縦に裂いてから、男の方に向けて突き出した。

「さあ、よく見ろ。きみの望みを聞いてやったぞ。気がすんだら、金輪際、もう生きた人間には拘《かかわ》るな」

言葉の鞭《むち》が唸《うな》る。容赦のない調子だったが、わずかな憐憫《れんびん》が含まれているようでもあった。

「行け」

水平線に夕日が沈むように、男が闇に溶けていく。それが完全に消滅するのを見届けてから、ユリエは目を閉じた。

やがて濱地の靴音がこちらにやってきて、危機は去ったと告げる。

「視えたかい？」

「はい。……何をしゃべっているかは判りませんでしたけれど」

「怖い目に遭わせたね」

まだ体が熱いが、もう恐ろしくはない。目を開くと、濱地は片膝を突き、穏やかな顔でユリエを見下ろしていた。

「たっぷり怖い目に遭いましたけれど……手当は出ないんですよね？」

探偵は、わずかに口元をほころばせる。

「残念ながら、さっきも言ったとおりだ。特別手当の規定はない」


階下の応接室のソファで休み、十五分もすると熱も引いた。鎧戸を開けているので、西向きの窓からは明るい陽射しがたっぷりと室内に注いでいる。元気を取り戻したユリエは、スケッチブックに〈男〉の似顔絵をさらさらと描いてみせた。

「相変わらずうまいものだ。きみがあいつを視た、という立派な証拠になるね」

そう言って濱地は、顎《あご》を撫でる。

「これは神足新蔵さんなんですね？」

「命をなくした後の彼だ」

また鉛筆を取って、生前の顔を想像して描いてみた。やや神経質そうだが、凶暴さとは無縁のどこにでもいそうな男の肖像ができ上がる。

「ふぅん、生前はこういう顔だったのか。依頼人に見てもらえば、どれだけ似ているか確認できるよ」

「遊び半分に描いただけですから、そこまでする必要はないと思います。——この案件は解決したんですよね？」

「あっさりと片づいた。まだ四時にもなっていない」

濱地は拍子抜けしているらしいが、ユリエにすれば大冒険だった。大袈裟でなく死ぬかと思ったほどだ。

「霊って、あんなエネルギーを持っているんですね。先生がいなかったら、わたしはどうなっていただろう……」

「なぁに、そんなに深刻なものでもない。悪戯小僧たちも依頼人の弟もひと晩経てば恢復していたから、まだおとなしいものだ。しかし、きみにとっては初めてのことで恐ろしかったと思う」

「呪いの正体は、神足新蔵の霊だったんですね。どういう理由で迷っていたんでしょうか？」

「無念だったらしい。お門違いだ、と叱りつけてやったよ」

迷える画家の霊と交わした対話についてユリエが尋ねると、探偵はスラックスの裾《すそ》の埃を優雅に払ってから語りだす。

「行方不明の神足設子と山野希美は、残念ながら生きていない。二人とも新蔵に殺害され、山中に埋められている。くわしい場所を白状させたから、早く掘り出してあげなくてはならないね。うっかり警察に申し出たらこっちが犯行に関わっていると誤解されかねないから、さて、今回はどういう方便でお巡りさんを動かせばよいものか」

　ユリエは驚いて質問する。

「二人とも殺害されたって……いつのことですか？」

「新蔵が写生旅行から帰った日だ。伝えてあったよりも早く帰宅したところ、二人がアトリエで睦《むつ》み合っているのを目撃し、『どういうことだ？』と問い詰めたら、観念するどころか山野希美に食ってかかられた。それですっかり逆上し、暖炉の火《ひ》掻《か》き棒を振り上げて――」

　まず山野を殴殺。腰が抜けて動けなくなった妻にも、新蔵は怒りの一撃を加えた。ものの弾みなどではなく、殺意を持ってのことで非道と言うしかない。

「この部屋に暖炉がなければ火掻き棒もなかった。不運でもあるね」

　濱地は残念そうだ。

「だけど先生、奥さんの書き置きが遺っていたんでしょう？〈勝手なことをして、ごめんなさい〉って」

「それについては聞きそびれたけれど、夫婦喧嘩《げんか》をした際に夫人が書いたものを流用でもしたんだろう。突発的な犯行だから、たまたま捨てずに置いてあったものを利用したわけだ。――殺したんだよ、彼は」

「浮気の現場に遭遇して激怒したとはいえ、そこまですることはないのに」

濱地もユリエに同意する。

「もちろん赦されることではないし、新蔵自身もそれは承知していた。夜中に遺体を車で運び出し、写生に行って土地鑑のあった山に埋めておいて、『妻に逃げられた』と道化を演じながらも、残っていた良心は彼を苛《さいな》んだ。その結果が雑木林での自死だよ。死して後も新蔵の魂は昇天することができず、罪の現場、すなわちあのアトリエに留まった。そして、淋しく苦しみ続けていたんだ。妖気が充満するのも無理はない。目的を持たない霊だから、ある程度の霊感を具《そな》えた人間に嫌な感じを与えるぐらいの存在だったけれど」

「嫌な感じではすみませんでしたよ。面白半分にアトリエに入った人間を、ひと晩は苦しめたじゃないですか」

ユリエが抗議するように言うと、濱地は人差し指を立てる。

「こうやって、口を噤んでいるように注意したじゃないか。階段の下に立っただけで感じるものがあったから、不用意な言葉で正体が判らない相手を刺激しないように、と」

「指示はされましたけど、そこまでは説明してくれませんでしたよ。先生ともあろう紳士にしては不親切……なのはとりあえずいいとして、わたし、何かまずいことを言いましたか？」

「胸に手を当てて思い返しても、ないかな？」

本当に胸に手をやって記憶を忠実に再現してみたが、死せる神足新蔵の逆鱗《げきりん》に触れるようなことは何か——。

「もしかしたら」

「おや、気がついたらしい」

「他意はなかったんだけど……『気味が悪い』ですか？」

探偵は「そう」と頷いた。

「ここは何かしら無気味だ、グルーサムだと独白したんだね。しかし、アトリエの闇に蹲《うずくま》っていた新蔵の霊は、後ろめたさを抱いているせいもあってか、自分が糾弾されたと取った。おそらく、中学生と高校生も同じことから災難に見舞われたんだろう。高熱を発した者とそうならなかった者との分かれ目は、『気味が悪い』と口走ったか否かだ」

「きみが悪い。つまり、おまえのせいだ、の意味と勘違いしたんですね？」

「さっき彼は、恨みがましく言ったよ。不都合な現場を押さえられた山野希美は、開き直って新蔵を非難したんだ。こうなったのは妻をほったらかして気ままに日本中を旅して回る夫の愛情の薄さが原因だ。わがまま勝手をして妻を顧みなかったことを悔いなさい、と。具体的にはこんな言葉で詰《なじ》られたそうだ。『わたしは設子の心の隙間を埋めて幸せにしてあげただけ。責められる筋合いはないの。きみが悪い』」

美大時代からの先輩は、新蔵を「きみ」と呼んでいたのだ。ユリエが叡二をそう呼ぶように。

駄洒落《だじゃれ》か、と脱力しかけたが、濱地は真剣なまなざしで言った。

「まずい時にまずい言葉を発しては、取り返しがつかない事態を招くこともあるんだよ。生きている人間の付き合いと同じだ」

「教訓にします」

アトリエで濱地がナイフで裂いたのは、設子が描いた山野希美の肖像画だった。大きな目と肉厚の唇をした魅力的な女とはこのような人物であったか、とユリエは絵を見て納得した。古びた椅子に掛けているだけなのだが、表情がよく引き締まっていて大らかでたくましいものを感じさせた。それこそ設子の夫に欠けていたものなのかもしれない。

「山野の肖像画は、それしかなかった。他の作品は新蔵が生前に棄ててしまったようだね」

新蔵の霊は、それを無傷で残したことが不満で、損壊させようとしてできず、苦悩を募らせていたという。二人の被害者を遺棄した場所を打ち明け、この世から去ることと引き換えに、濱地は望みをかなえてやったのだ。

「肖像画にナイフを振るうのは不快だったけれど、そこは割り切るしかなかった。取り引きだったので」

「先生の解決法って、臨機応変なんですね」

「これまでは、それでうまくやってきた。この次の案件も、そんなやり方が成功するかどうか判らないけれどね。――ところで」ユリエの目を見て、「わたしのそばにいて新しい扉が開いたらしいきみは、逃げたくなったかな？　無理強いはできないから好きなようにしなさい。規定はないが、退職金について考慮させてもらおう。できれば仕事を続けてもらいたい、というのが本音なんだが」

「はあ」

頼れるボスは、返答を待っている。

「少し考えさせてください」

慎重を期してそう答えたが、実のところユリエの心は決まっていた。恐怖が去ってみるとすべては夢のようで、胸躍る冒険をしたような気がするばかりだった。

あの日を境に

やっと返信がきた。

ひどくそっけないメールが。

〈仕事が忙しいんだ。そんなに責めないでくれ〉

突き放すような言葉に悲しくなり、未那《みな》は仰向《あおむ》けにベッドに倒れ込む。本当に仕事が忙しくて会えないのだとしても、こちらが不注意で恨みがましい調子のメールを送っていたのだとしても、自分に対して温かい気持ちを持っていたならこんな文面にはならないだろう。

――愛想を尽かされたんだ。わたしと付き合うのに飽きたってことよね。

結論を出すのは性急すぎるが、避けられない事態なら早いうちから覚悟をしておくべきかもしれない。二十五歳の未那は、これまでに恋人との別離を二度経験していたが、そのうちの一度は彼女から別れを切り出し、もう一度はどちらからともなく自然に関係を解消させた。ふられた、切られた、棄《す》てられたというわけではなかったから免疫がなく、どう振る舞えば心の傷が最も小さくてすむのか判らない。

――だけど、どうして？

幹也《みきや》に嫌われる理由がどうしても思い当たらない。二週間前の電話で「何か怒ってる？」と訊《き》いたら、「いいや。怒らせるようなことはしてないだろ」とぶっきら棒に言われた。その時は未那もカチンときて、「じゃあ、どうしてそんな不機嫌そうな声でしゃべるの？　何かの八つ当たりだったらやめてよね」などと返したのだけれど。

ああいう態度がよくなかったのかな、とも思ったが、彼が自分を疎《うと》むごとくよそよそしくなったのはそのさらに一ヵ月前からだ。最後に会ったのは八月二十日。幹也が好きなSF映画を観てから食事に行こうとしたところで、チケットを買う前に「ごめん。ここにくる前から頭が痛いんだ」とデートは打ち切られた。

その後は何度か電話のやりとりがあったが、明らかにさっさと会話を終わらせようとしているのが窺《うかが》えて、どうにも解せなかった。それでも、「この頃ずっと体調が悪くて、おまけに仕事がやたら忙しいんだ」と会えない言い訳をしてくれるうちは、ましだったのだ。

そのうち電話に出なくなり、メールを送ると〈色んなことに追われている。時間と気持ちに余裕ができたらこっちから連絡するよ〉とのこと。待っていても梨の礫《つぶて》だから我慢できずにメールすると、〈こっちから連絡するって言っただろ〉と怒りだした。

心配になってきて職場の気の置けない同僚に話したら、「他に好きな女ができたっぽいね。それ以外に考えようがないんじゃないの？」と不安を煽《あお》るようなことばかりを言われ、落ち込んだ。まさかとは思うが、否定できない。

――でも、だけど。

「でも」と「だけど」が頭の中でぐるぐると渦巻く。自分と幹也は、とてもうまくいっていたのだ。ちょっと可愛い女の子が視界をよぎったぐらいで、彼があっさり心変わりをするなんて信じられない。軽い男ではないし、それまでは幸せでいっぱいだった。映画みたいにこんな情熱的な恋ができるなんて、と有頂天だったのに。

八月十一日から十二日にかけて、二人で海に出掛けた。未那の希望に応《こた》えてくれて、彼の車で新潟まで行き、きれいなビーチで泳ぎ、改装したばかりの洒落《しやれ》たホテルで初めて一夜をともにした。翌日の午前中もビーチで遊び、「もしかしたら、今ここでプロポーズされるのかも」という瞬間まであったというのに、すべては遠い夢のようだ。

手を伸ばして、ベッドの上に投げ出したスマートフォンを取り、新潟のビーチで幹也と撮った写真を画面に呼び出した。抜けるような真夏の青空の下で、二人は頰を寄せて無邪気に笑っている。少年のような体つきのくせに、苦み走った顔をした彼がこの時はだらしないほどに表情を崩していた。それにも増して、眉《まゆ》を八の字にした自分のにやけっぷりときたら恥ずかしいほどだ。この時点まで二人が幸福だったことは間違いがない。

——いつから？　どこからおかしくなってしまったの？

写真を順に見ていく。タオルを首に掛けてパラソルの陰でコーラを飲む彼。サーフパンツ姿で砂の城を作っていく彼。帰路に就く前、ホテルのレストランの窓辺の席で微笑む花柄シャツの彼。どれも穏やかな顔つきで、撮影者を優しく見つめている。

最後の一枚には人間の姿はない。未那が車の助手席から撮ったもので、真っ青な空にぽつんと浮かんだ一朶《いちだ》の雲だった。あまりにも見事に馬の形をしていたので、「見て見て」と運転席の幹也に突き出した。「鬣《たてがみ》をなびかせて疾走しているみたいでしょう。すごくカッコいい」とはしゃぎながら。「おい、目の前にそんなものを出したら危ないよ」と言いながら、彼は笑っていた。まさか、あれが原因で嫌われたとは思えない。

蒼穹《そうきゅう》を翔《かけ》る白いペガサス。今見ても美しい馬だ。自分たちの明るい未来を祝福しているみたいだ、と馬鹿な喜び方をしていたけれど、逆だったのではないか？　見掛けに反して、それは理不尽で不吉なものの到来を告げていたのかもしれない。

雲は紺碧《こんぺき》の海の上に浮かんでいた。ホテルをチェックアウトしてまもなくそれを撮影し、しばらくすると瞼《まぶた》が重くなったのを覚えている。「眠ればいいよ。起きていても運転を替わってもらえないんだし」と彼が言うのに甘えて、「わたしだけごめんね」

と寝入った。海水浴の疲れと愛し合った夜の名残りが綯《な》い交ぜとなり、とてもではないが睡魔に抵抗できなかったのだ。

——「眠ればいいよ」とあんなに気持ちよく勧めてくれたんだから、そのことに腹を立てたってこともないはず。一時間も眠り込んだから気分を害したんだとしても、そんな些《さ》細《さい》なことをいつまでも引きずるなんてあり得ない。

北陸《ほくりく》自動車道から関越《かんえつ》自動車道に入り、どこだったかのサービスエリアで休憩した時、心なしか幹也に元気がないように感じたが、あれは疲労のせいだろう。運転してくれることへの感謝と労《ねぎら》いの言葉をかけたら、「うん」とだけ応えた。それ以降は車内で無口になったので、話しかけない方がよさそうだと判断し、二人ともが好きな音楽を流しながらのドライブになる。そして、未那がマンションの前で車を降ろしてもらうまでまとまった会話はなかった。

何度思い返してみても、自分が忌避される原因として思い当たるものがない。その夜に送ったメールの返信がごく短かったのは単に疲れているせいだったのかもしれないが、翌日から現在に至るまで以前のようにおどけた楽しいメールは一通も届いていない。

——何故だか知らないけれど嫌われた。あの日を境に。

駄目なのかもしれない、と思ったら目《め》尻《じり》から熱いものがこぼれた。まだ泣くのは早すぎるのに、涙腺が先走りをしている。

こんな意味不明のまま別れるのは耐えられないから、どうせ駄目なのだとしても自分が嫌いになった理由を問い質《ただ》さずにはいられない。が、彼の元に押しかけて行って詰問するのは破局を自ら引き寄せるようで勇気が出なかった。

自分の心を翻弄《ほんろう》し、苦しめる男がますます恋しい。わたし、かわいそうだな、と思った。

その喫茶店に入ると、志摩ユリエはすぐに求める顔を見つけた。進藤叡二はこの前と同じ四人掛けのテーブルにいたのだが、向かいの席に連れがいる。スーツを着た若い男で、背中を丸めて何事か熱心に叡二に語りかけているようだった。

えっ？　と思う。デートの約束をしていながら叡二が男友だちと話し込んでいたからではなく、スーツの男の後ろ姿に黒い靄《もや》のようなものがまとわりついていたからだ。説明がつかない現象であるだけではなく、何か禍々《まがまが》しい気配が感じられて、思わず足が止まった。

顔を上げた叡二と目が合い、彼はひょいと手を挙げてみせた。向かいの男がこちらを振り返り、ユリエを見るなり脇に置いてあったショルダーバッグを肩に掛けて「じゃあ」と立ち上がる。

「早かったですね、志摩さん。まだ七時十五分前ですよ」

童顔の叡二は屈託なく言ってから、急いで去りかけたスーツの男をユリエに紹介する。

「彼、茂里《もり》幹也といって中学時代からの友だちです」

幹也は、首をすくめるように軽く会釈して、「どうも」とくぐもった声で言った。優しそうだが哀しげな目をしている。髪型はすっきりとした短髪。叡二と同じく二十三歳なのだろうが、こちらは目尻の皺《しわ》のせいか、実年齢より老けて見えた。類は友を呼ぶのか、華奢《きゃしゃ》なところは叡二とよく似ている。

「初めまして。志摩です」と挨拶すると、また頭を下げて「どうも」。それから覇気のない声で詫《わ》びてきた。

「すみません。デートの前に、ちょっと進藤君をお借りしていました。もう失礼しますので、ごゆっくり」

最後に「またな」と叡二に声を掛けて、すたすたと離れていく。その肩のあたりに黒い靄の切れっ端が漂っていたが、正体を見極める前に彼は店の外へと消えた。

幹也の尻の温《ぬく》もりが残っているシートにユリエが座ると、ウェイトレスがすかさずやってきて飲みさしのコーヒーカップを片づけ、オーダーを訊いてくれる。「ミルクティー」と答えた時、何故かユリエは口の中にざらりとしたものを感じた。

「あいつ、腕時計を気にしながらしゃべっていたんですよ」叡二が言う。「七時にここで志摩さんと待ち合わせているのを言ってあったから、『邪魔しないように十分前には必ず失《う》せるから、もう少しだけ付き合ってくれ』って」

「大事な急ぎの話があったの？」

それなら自分が彼の邪魔をしたことになる。

「そりゃまぁ、大事な話かな。恋愛についての真剣な相談だったんですけれど、なんか要領を得ないところがあってろくなアドバイスをしてやれなかった。——そんなことより、お疲れさまでした。本日の探偵稼業はどうでした？」

デートモードに早く切り替えようという心遣いからか、叡二は話題を転じようとしてくれたが、ユリエは茂里幹也という男にまとわりついていたものが気になった。

「今日は事件の依頼もなくて、暇だった。濱地先生はコーヒーを飲みながら心霊現象に関する難しそうな文献を読み耽《ふけ》るばっかりで、わたしはのんびり伝票整理。——そんなことより、茂里さんとどんな話をしていたのか訊いてもいい？」

「あれ、『そんなことより』を返されちゃったな。茂里の恋の悩みなんか聞いてどうするんですか？　おれのカウンセリング能力がチェックされるのかな」

「そんなチェックはしないから、話してみてよ」

まだ口の中がざらついている。ユリエは口元を拭《ぬぐ》うふうを装いながら、ハンカチで舌の表面をひと撫でしてみたが、すっきりとはしなかった。

「さっきも言ったとおり、あいつとは中学からの付き合いで、高校が別々になってからも連絡を取り合っていました。大学を卒業してからも年に二回ぐらい飲みに行く仲です」

「何をしている人？」

「大学を中退して、しばらくロックバンドでドラムスを叩いていたんです。ミュージシャンになりたいという夢は破れて、今は親父さんが経営する厨房機器の問屋を手伝っています。まだ手伝っている、という程度らしいけれど、ゆくゆくは跡を継ぐんでしょう」

「夢に見切りをつけるのが早かったのはわたしと同じね」

「おれも早かった」

「きみはあっちに行けるかもしれないじゃない」

彼女と彼は、同じ大学の漫画研究会で一年違いの先輩後輩だった。ユリエが才能の致命的な不足を認めて探偵業に転身を図ったのに対し、叡二は漫画原作者になることを目標に目下はライターで生計を立てている。

「恵まれない天才、おれの漫画原作が売れるのはいつになるやら。──で、茂里の悩みですけれどね」

厨房機器問屋の跡取り息子が恋した相手は銀座に本社があるメーカーに勤めるOLで、名前は兼井《かねい》未那、二十五歳。二つ年上の女性と茂里が親しくなったきっかけは、雨宿りをしていた彼女に傘を貸したことだった。

「今年の四月のことです。映画館を出てみたら天気予報がはずれて雨が本降りだった。茫然《ぼうぜん》とする彼女にあいつが『どちらまで？　よかったらそこまで一緒に行きますよ』と声を掛けたのが始まりで、馴《な》れ初めとしては古典的でしょ？」

「うーん、実際にそんなことで付き合い始めた人を身近に知らないけれどね」

相合傘で歩きながら観たばかりの映画の感想を語り合い、「お茶でもどうですか？」という幹也の誘いが受け容《い》れられ、メールアドレスを交換して別れる。四月のうちに映画デートが一回。五月になると週末ごとに映画鑑賞やディナーをともにするようになり、夏に向けて親密さの度合いは高まっていった。

「相手のことを知るにつれて、仲よくなっていったわけです。恋人同士と言っていい関係になり、八月には海にも出掛けた」

「沖縄かどこかへ？」

「いえ。彼女が『日本海で泳ぎたい』と言うので新潟まで車を飛ばしたそうです。二人での初めての泊まりがけの旅行でもありました。最近は海水浴の人気が低下しているせいもあるのか、きれいな砂浜だったのにあまり人がいなくて、とてもナイスな雰囲気だったそうですよ」

「いいなぁ。わたし、日本海で泳いだことがないの。来年は行ってみようかな」

「おれ、車を飛ばしますよ。って、来年の八月まで十ヵ月もある。遠いなぁ」

叡二が真顔になって見つめてきたので、ユリエはとっさの反応に戸惑う。ふと黙って互いを見つめ合うというのは、恋愛の始まりや進展を意味するのは経験的に承知していたから。彼との関係をどこまで進めるつもりなのか、彼女は自分でもよく判っていなかった。

「ああ、いや、でも」

幸いと言うべきか、叡二の方が困った顔になって頭を掻《か》いたので、ユリエは態度を保留することができた。

「どうしたの？」

「志摩さんと新潟の海に行くのはやめた方がいいかもしれない。茂里と未那さんとはその旅行からおかしくなったそうなので縁起が悪いや」

旅先ではその人間の本性が出やすいから、親密さが増す反対の結果になることもありがちだ。しかし、二人は喧嘩《けんか》をしたわけではないという。行きの車中から笑顔が弾《はじ》け、一日目の海水浴を楽しんだ後は改装オープンしたばかりの小さいが洒落たホテルのレストランでおいしいフレンチのディナー。窓いっぱいに海が広がる部屋は快適で、何から何まで申し分がなかった。

「翌日も朝食後にひと泳ぎして、ホテルでランチをとってから帰ったんだけど、そのあたりからおかしくなってきた、と」

「喧嘩もしていないのに、何がどうおかしくなるの？」

「そこが不可解なんです」

叡二は、友人から聞いたままを伝える。未那が遊び疲れた様子だったので、幹也は「眠ればいいよ」と言い、助手席の彼女はうつらうつらしていたが、じきに寝息をたて始めた。幹也の方には疲労感もなく、車の運転は大好きだ。傍らで恋人がたてる寝息は耳に心地よいばかりのはずだったのに、理解が難しい不快感が胸の奥から湧いてきた。

「『自分でも判らない』という点を強調していました。本当は起きておしゃべりの相手をしていて欲しかったとか、自分も疲れていたから隣で寝られるのが面白くなかったとか、そういうことは絶対になかったんだそうです。なのに、じわじわと不快なものが込み上げてきた」

「それって、『自分では理解できない』とか大袈裟《おおげさ》に言ってるだけで、やっぱり彼女が寝たことに腹が立っただけでしょう」

ユリエにはそうとしか思えず、器の小さな男だな、というのが率直な感想だったが、叡二は友人をかばう。

「あっさり斬って捨てないでやってくれますか。あいつ、首を捻《ひね》りながら話したんですから。まあ、何にしてもそれが一時的な感情だったらどうってことはありませんでした。問題は、それが継続していることです」

「彼女が嫌いになってしまった？　極端な気がするけれど、別に不思議な話でもないと思うな」

叡二はまた頭を掻いて、もどかしげな表情を見せた。幹也の話自体が「要領を得ないところがあった」から、説明に苦労しているのだろう。

「ちょっとした態度が原因で相手への想いが冷めたというのなら不思議はないのに、あいつは『そうじゃない』と言い張ってました。『好きだ、愛してる』。それなのに、どうしたことか彼女のことを考えると気分が悪くなるんだそうです。会うとますます駄目で、どうしても我慢ができず『ごめん、体調がよくないから』と逃げるように帰るなんてことも」

「ひどいなぁ。デートもできなくなったわけ？」

「はい。八月二十日に短い時間会ったきり、メールや電話のやりとりだけになって一度も会ってない」

不可解というより理不尽な話で、ユリエは幹也よりも兼井未那に同情してしまった。

わけが判らず困惑しているに違いない。叡二はというと、未那と同等に幹也のことを案じているようだ。

「自分で自分の感情が理解不能になって、苦しんでいるんですよ。いや、感情については『好きだ、愛してる』で一貫しているのか。それなのに彼女がアレルギーの対象みたいになっちゃった。『俺はどうしたらいいんだろう？』っていう悩みの相談を受けたら、志摩さんはどう答えます？」

「どうって……」取りとめがなくて、答えに窮する。「とりあえず、もっとくわしい話を聞かせてもらうしかなさそう」

「う―ん、そうですよね。ただ、茂里についてこれだけは言わせてください。おれがあいつを好きなのは、真っ正直で嘘をつかない奴だからです。誠実な男なんです」

叡二のしゃべり方は大学時代の先輩に対するままで、相変わらず堅い。律儀な性格によるのだろうが、幹也のことを悪く思われないようふだん以上に言葉遣いが丁寧になっているのかもしれない。

「昔から相談を持ちかけるのは、おれだったんですよ」叡二はさらに言う。「つまらない愚痴をいつも辛抱強く聞いてくれたりもしました。だから、たまにはおれがあいつを助けてやりたいんですよね」

今回のことについても、幹也から泣きついてきたわけではなかった。この半年ほど無沙汰《ぶさた》をしていたので、昨日の夜、気紛れに「おう、元気にしてるか？」とメールを送ったら、すぐさま電話がかかってきて、「時間があったら会って話を聞いてくれ。明日にでも」となったそうだ。

「志摩さんには関係ないことだから、この話はもうやめましょう。今日はどこへ食べに行きます？　この近くにおいしいパキスタン料理の店ができたらしいので――」

「ねえ、叡二君。さっきの人に電話をかけて呼び戻してくれないかな」

「は？」

恋の悩みへの名回答が閃《ひらめ》いたわけではない。幹也の体にまとわりついていた黒い靄が無性に気になりだしたのだ。どうにもよからぬものに見えた。彼の心身に起きた不可解な異常の原因は、あれなのではないか？　だとしたら、濱地の下で働くうちに霊的なものにアクセスする能力が覚醒《かくせい》した自分が関わるべき領域だ。

「確約はできないけれど、力になれるかもしれない」

「本当ですか？　志摩さんがそう言ってくれるんなら」

さっそく電話してみると、相手はすぐに出た。短いやりとりで通話は終わり、叡二は親指を立てる。

「そのへんをぶらぶらしていたので、すぐここに戻ってくるそうです。『デートはどうしたんだ？』と言うので、『いいからこい』と答えたんですけれど……志摩さん、何か思いつきました？」

「ううん」とユリエは首を振る。黒い靄については、当人がきてから話せばいい。

十分ほど経ったところで、幹也が姿を現わす。どこか遠慮した様子でこちらに歩いてくるのをじっと観察したが、何も変わったところはなかった。

――わたしの錯覚だった？　いや、そんなはずはない。

あまりじろじろ見たせいか、幹也は自分の顔に手をやって、「何か付いていますか？」と訊いてきた。

「いいえ、ごめんなさい。失礼しました」

ユリエが詫びると、叡二が隣に座るように促してから言う。

「顔色がよくなっているな。さっきはもっと蒼《あお》かったぞ」

「そうか？」幹也は席に着きながら「おまえがそう言うんなら、そうなんだろう。このところずっと気分がよくなかったんだけれど、歩いているうちに楽になってきた」

「医者には診てもらったのか？　子供じゃないんだから自分の体のことは自分で管理しないと」

「体の病気じゃなさそうだから、病院には行ってない」

「素人が勝手に決めつけるのはよくないだろう。行ってみろよ」

「意味ないよ、多分」

二人のやりとりを聞きながら、ユリエは不穏な気配がしないかと探ってみたが、特に何も感じられない。よからぬものが幹也に取り憑いているのだとしても、いったん鳴りを潜めたようだ。

「わたしは志摩ユリエといって、叡二君とは大学の漫研で一緒でした。今はこういうところに勤めています」

〈濱地健三郎・心霊探偵事務所〉の名刺を差し出すと、当然ながら相手は怪しむような表情になった。つまらない冗談ではあるまいか、と疑っているのだ。

「濱地先生の秘書で、調査の助手もしています。現在お悩みの件について、くわしくお聞かせいただけますか？」

「それはご親切に……どうも」

ことのなりゆきに戸惑っているはずなのに、藁《わら》にもすがる思いなのか、茂里幹也はぼそぼそと語りだす。ユリエは時折、質問を挟みながらその話に耳を傾けた。

叡二から聞いたとおりで、やはり新潟から帰る日に異変が生じているらしかったが、兼井未那の言動におかしなことがあったわけではない、と彼は言い切る。「それだけは誤解しないでください」と釘《くぎ》を刺された。

話の内容をよく聞くのもさることながら、ユリエはあの黒い靄がどこかに漂っていないかと幹也の体の周辺をさりげなく見回したのだが、消え失せたままだ。

「どうですか？」

ひととおりの話が終わったところで、叡二に意見を求められた。

「新潟でよくないものに取り憑かれたのかとも思ったけれど、お話を伺ってみたらそれらしい場面はありませんでしたね」

オカルト嫌いの人間なら、取り憑いただのどうのと聞けば白けてしまうだろう。幹也がどう感じたのかは窺い知れないが、露骨に不快な顔はしなかった。

「よくないものとは、悪霊のようなものですか？」悩める男は訊く。「そんなものを拾った覚えはありません。怪しげなところに立ち入ったりはしていないし」

「泊まったホテルの部屋で何か感じませんでしたか？」

「いいえ、別に。気持ちのいい部屋でしたよ。壁に飾ってあった絵の額縁を裏返したら、魔除けのお札が貼ってあったのかもしれませんけれどね」

「どこかにお札が貼ってなかったか、行って確かめてくるか？」

叡二が真顔で言ったが、霊的にまずい部屋だったとしてもホテルはお札を貼ったりしない。万一そんなものが宿泊客の目に触れたら、「とんでもない部屋をあてがいやがって！」と激怒されてしまう。

「部屋は問題がなかったんだな。じゃあ、やばいものを写真に撮ってしまったとか？」

言われて気になったのか、幹也はスマートフォンを取り出して写真データをチェックしだした。横から叡二が画面を覗《のぞ》き込む。

「未那さんって、こんな人だったのか。初めて写真を見せてもらったけど、きれいな人じゃないか」

「だろ？　中身は見掛けの何倍もいい」

「『だろ？』って、おまえ。だったら大事にしろよ」

遠慮のない友人の言葉に、幹也は唇を嚙《か》んでいた。

「見せてもらえますか？」

ユリエは電話を受け取り、写真を順に見ていく。叡二が言ったのはお世辞ではなく、兼井未那はキラキラと輝く目が印象的な美人だった。鼻筋も通り、口元からこぼれる歯が白い。顔の造作が整っている上、笑顔のバリエーションが豊かだからなおさらチャーミングに見えた。

新潟への往路で立ち寄ったサービスエリアでのスナップが二枚、ホテルに到着した時のものが一枚、チェックインしたばかりの部屋で撮ったものが二枚、ビーチで遊んでいる時のものが六枚、ディナーのテーブルでのものが二枚。未那だけの写真に交じり、二人が頰を寄せて写った仲睦《むつ》まじいツーショットが三枚あった。幹也はやたらとカメラ機能を使いまくるタイプではないようで、風景やモノだけを撮った写真はなかった。

霊的なものを撮影したために心身に変調をきたすことなどありはしない。それでも念のため、説明がつかない怪異な何かが写り込んではいないか、とピンチアウトしながら調べてみたけれど、それらしいものはどこにも発見できなかった。

電話を幹也に返す前に、ユリエは兼井未那の顔をもう一度見た。男性の目に好もしく映るタイプというだけではなく、同性から見ても感じがいい。どの表情も作ったところがなく、聡明《そうめい》で信頼できそうだ。この人を助けてあげたい、と思ったが、自分にその能力はなさそうだ。

「彼女のことを、本当に愛しているんですね？」

目を見つめながら確かめると、幹也は「はい」と迷いなく答える。

「判りました。あなたには普通ではないことが起きている。うちの先生なら何とかしてくれるかもしれません」

「先生……ですか」

呟《つぶや》きながら、さっきユリエから受け取った名刺を彼は見た。

「はい、濱地先生です。早い方がいいんだけれど、明日はお時間が取れませんか？」

実際のところ、仕事は暇な時期で余裕があると言う。

「会社を抜けて午後一番には行けそうですけれど……。その先生は、心霊現象にまつわる事件を専門になさっている探偵なんでしょう？　こんな相談を持ち込むのは唐突で筋違いに思えます」

「怖がらせるつもりは毛頭ないんですけれど、実は――」

ここで黒い靄のことを話した。


叡二たちと別れた幹也は、近くの定食屋で晩飯をすませると、地下鉄で自宅マンションにまっすぐ帰った。心霊探偵などという怪しげなものにすがらなくてはならないのか、と情けなくもあったが、叡二もその彼女も親身になってアドバイスしてくれたのだから、拒むのはやめた。志摩ユリエがとても真摯《しんし》に話を聞いてくれたのは確かで、胸の奥でぽっと明かりが灯《とも》った。叡二はいい彼女を得たようだ。自分と同じく年上の恋人というのは面白い偶然だ。

久しぶりに気分が晴れていたのだが――これならば未那に電話ができるかもしれない、と思った途端におかしくなってきた。頭の芯《しん》から鈍痛が湧いてきて、呼吸が乱れる。これまでもあったことだが、いつもより激しかった。

――未那に連絡を取ろうとしたら、たちまちこれだ。いったい、俺はどうなっちまったんだよ。

ネットで色々と検索してみたが、このような症状にぴたりと当て嵌《は》まる心身の病は見つからなかった。医者に診せたら首を捻り、学会で〈茂里病〉と命名されるのではないか。

弱った心は、木の葉のごとく簡単に裏返る。心霊探偵なんていうインチキ臭いものに頼ろうとしたのが間違っていた、と反省した。そんなところへ駆け込むぐらいなら、とりあえず心療内科の門を叩くべきだろう。原因は自分の精神にあるに違いないのだから。

頭痛や息苦しさはやがて治まっていったが、どんよりとした気分に囚《とら》われて眠れぬ長い夜になった。何十回と寝返りを打ち、時に呻《うめ》き声を洩《も》らし、ユリエから聞いた黒い靄のことを思い出して部屋の隅の暗がりが恐ろしくなったりする。

そんなことに疲れてしまった彼は、明け方近くになって眠ることを諦《あきら》め、スマートフォンを手にした。そして、意を決して未那にメールを書く。

〈つらい思いをさせてごめん。きっと迎えに行く〉

やっとそれだけ打ち、目を閉じて送信したら、まるで何かの罰のように頭痛がぶり返してきた。

異変には波があり、惨憺《さんたん》たる一夜が明ける頃にはまた落ち着いてきたが、仕事に行く気力が出ない。風邪を引いたことにして会社を休む旨を連絡し、オートミールで朝食をとった。午後一時に濱地を訪ねることになっているが、どうしたものか、と迷っているうちに正午となる。

今さら断わるのも面倒だし、と出掛ける支度をしかけたところで、頭痛と胸のむかつきに襲われた。肉体的な苦痛にも増してネガティヴな気持ちが突き上げてきて、外出できる状態ではなくなる。得体の知れない何かが、行くな、と止めているように思えた。

昨夜登録した探偵事務所に電話すると、すぐにユリエが出たので、喘《あえ》ぎながら現状をありのまま告げた。

「どうしてそうなったんでしょうね」彼女は心配そうに言う。「わたしたちと別れた後で、何か変わったことはありませんでしたか？」

「いいえ。飯を食って……そのまま……帰っただけです」

「もしかすると、アレはわたしを嫌っているのかもしれません。茂里さんに付きまとっているのを視《み》られたくないんだわ」

「……どういうことです？」

——アレとは、黒い靄のことか？　俺に何かが取り憑いていると彼女は信じているんだ。

「しばらく待ってもらえますか」

電話が保留になり、一分ほど待機させられた。その間もずっと気分が悪い。

「失礼しました」再びユリエが出る。「先生と相談して、わたしたちから茂里さんのところへ出向くことにしました。かまいませんか？」

「うちにくるんですか？　部屋がちらかっているので、それはちょっと……」

「ゴミ屋敷になっていたとしても平気です。何のおかまいも要りませんから、訪問させてください。お願いします」

気が進まないまま、彼女に押し切られた。もうどうにでもなれ、と開き直ったのだ。

少しは片づけようかとも思ったのだが、体を動かすのがつらい。ダイニングのテーブルの上だけをきれいにして、探偵とユリエの到着を待った。

すると妙なことに、一時が近づくにつれて体調がよくなってきた。思い切って未那に電話してみたが、つながらない。小ましな服に着替え、しゃんとするために顔を洗い終えたところでドアチャイムが鳴った。

「大丈夫ですか？」

ドアを開けるなりユリエが訊いてきた。その後ろに、仕立てのよいスーツに身を包んだ中年の紳士が立っている。濱地健三郎だった。

部屋に招き入れてお茶を出しながら、幹也はさりげなく心霊探偵を観察した。最初は四十歳ぐらいだと思ったのだが、見れば見るほど年齢の見当がつかなくなる。驚くほど若作りの老人にも、中年に変装した若者にも見えてくるのだ。オールバックに撫でつけた頭髪は黒々としているが、染めていないともかぎらない。それが不審ではあったが、年齢不詳であることを除けば怪しげなところはなかった。

「昨夜から具合がよくなかったそうですが、どのように？」

その声は、低くてよく響いた。深い声と呼ぶのがふさわしい。

昨夜からのことを話す間、濱地の視線は幹也の全身の輪郭をなぞっていた。黒い靄とやらが視えているのだろうか、と無気味に感じる。

八月十二日以来の変調についても、つぶさに説明させられた。言語化しにくい症状も多々あったのに、「こんな感じでしたか？」と濱地がうまい表現を授けてくれるので的確に伝えることができたようだ。

「なるほど」

そう言ったきり探偵が黙ったので、傍らのユリエが「どうですか、先生？」と尋ねる。

「きみの見立てどおり、茂里さんはよからぬものに付きまとわれているみたいだね。どこで何に取り憑かれたのかが問題だ」と言ってから幹也に向き直る。「今はすっきりしているようですから、じっくりとお話を伺いましょう。八月十一日から十二日にかけて海に行った時のことを」

「十一日は何もなかったので、何か問題が発生したのは十二日ですね。あの日を境に僕はおかしくなりました。だけど……最高の日でもあるんです」

声に力が入ってしまった。

「どういう意味で最高だったんですか？」

一方、濱地の声は冷たいほどに落ち着いている。

彼女への想いがどんどん高まって、「結婚しよう」という言葉が喉元《のどもと》までくる特別な瞬間があった。それを呑《の》み込んだのは、自分が父親の手伝いのようなことをしているだけで、一人前の仕事ができていないからだ。まだ早い、と思って自重してしまった。そのようなことをたどたどしく言うと、探偵は尋ねる。

「そのタイミングで求婚してしまえばよかったのに、と悔いていますか？」

「いいえ、しなくてよかったでしょう。今の自分は、こんなザマです」

「まだ一人前ではないから結婚には早い、と二の足を踏むのは二十代の男性にはよくあることです。社会人としては新米だから臆病《おくびょう》になりがちで、それでいて恰好《かっこう》をつけたがる。現在の自分が理想から遠かったとしても、愛する女性のそばで一人前になればいいだけのことなのですけれどね。――そんなことはいいとして、特別な瞬間というのは、どういう場面だったんですか？　それについては志摩君からは聞いていないのです」

落ち度と受け取られたくなかったのか、ユリエが釈明する。

「報告洩れではなく、わたしも具体的には聞いていないんです。プライベートなことだし、どうせ惚気《のろけ》だろうと思って。――あ、すみません」

幹也は、話す前から照れ臭くなった。

「志摩さんがおっしゃるとおり、他人が聞いたらありふれた惚気でしかないでしょうね。午前中にビーチに出た時のことです。ひと泳ぎした後、二人で小学生みたいに砂遊びをしました」

童心に戻って砂の城を作っては壊し。真夏の太陽で温まった砂の感触が心地よくて、胸が躍るほど楽しかった。

「そろそろ引き上げようか、と作った城を崩した後、彼女が砂山に右手を突っ込んで『あったかくて気持ちいい』と言うので、僕も同じようにしてみたんです。確かに温かみと湿り気が快感で、うっとりするほどでした」

二人は、崩れた砂山を挟んで向き合っていた。幹也は砂を掘り進んで手を伸ばし、未那を捕まえた。その手をしっかりと摑《つか》んで見つめ合うと彼女がはにかんだように微笑む。全身を貫くような幸福感に包まれ、これまで生きてきた中で最高の瞬間だった。

濱地は、やれやれというように右の眉を掻いた。甘ったるい語りに辟易《へきえき》したのかと思ったが、すぐに表情が引き締まる。

「茂里さん。兼井未那さんがどんな気持ちでいるのか、よくよく考えましたか？　あなたにとっての人生で最高の瞬間は、彼女にとっても同様だったでしょう。その直後からあなたの態度が大きく変わり、連絡も満足に取れなくなっている。身悶《みもだ》えするような胸の痛みを味わっているに違いありません。あなたも苦しんでいる。それはよく承知していますが、本当に愛しているなら彼女の方こそ苦しいということをもっと理解するべきです。そして、早く何らかの手を打つべきでした」

「……はい」とうな垂れたら、探偵は溜め息をついた。

「と責めるのも酷ですか。どんな手を打てばいいのかが判らなかったんですから仕方がない。——ところで、あなたは自分のことで頭がいっぱいだったのでしょうが、彼女の身にも異変が起きていないか、心配はしなかったんですか？」

正直なところ、そこまで気が回らなかった。思いも寄らないことを指摘されて、幹也は狼狽《ろうばい》した。

「変わったことがあったとは聞いていませんが、未那がどうかしたんですか？」

「急に色めき立ちましたね。危険に直面しているかどうかは判りません。あなたに向けてSOSが発せられていないのならば、おそらく無事でしょう。しかし、もしもということがありますし、兼井さんからも事情を聴取したい。あなたが取り次いでいただけますか？」

幹也は承諾した。

「ぜひ、そうさせてください。気力が出たので、さっきも彼女に電話をかけたんです。仕事中で手が離せなかったのか出てくれませんでしたけど、メッセージを吹き込んでおきました」

「どんな？」

内容を伝えると、濱地は初めてにこりと笑った。

「おお、がんばりましたね。それは結構。――では、さっそくお願いします。通じなければ、今度もメッセージを録音してもらいましょう」

電話をかける前に、訊いておきたいことがあった。悪霊の類《たぐい》が自分に取り憑いているのか否か。探偵は、こともなげに答えた。

「よくない霊です」

「黒い靄みたいになって、このあたりにいるんですか？」

自分の肩のあたりを指差しながら訊いてみた。

「今は掻き消えています。わたしが推察するに、それは霊視できる人間が苦手なのでしょう。志摩があなたと対面した際もいなくなっていました。昨夜、あなたを苛《さいな》んだのもわたしたちに会うのを避けさせるためだったと考えられます」

もしそうであるならば、濱地と志摩が帰ったら舞い戻ってくるのではないか。そう思うと怖気《おぞけ》が走った。探偵は言う。

「わたしたちが四六時中あなたのそばにいるわけにもいかないので、原因を完全に取り除いてしまうしかありません。そのためにも兼井未那さんに会ってきます。あなたにはお守りを差し上げますから、それを頼りにしのいでください」

濱地は、携えてきた鞄《かばん》から小さな巾着《きんちゃく》袋を取り出し、幹也に手渡す。中身はわずかに青みを帯びた小石だった。

「それを近くに置いておけば安心です。外出なさる時はポケットにでも忍ばせてください」

ちょうどその時、スマートフォンに電話がかかってきた。未那の名前が表示されたので、幹也は飛びつくようにして出る。心霊探偵のことを話す前に伝えるべきことがあった。

「未那？――今までごめん」

彼女に申し訳なくて、たまらなかった。

翌日の土曜日。

濱地とユリエ、そして兼井未那は新潟行きの上越《じょうえつ》新幹線に乗った。あの日の浜辺に向かうために。濱地とユリエは並んで座れたが、未那は少し離れた席になった。ひとおりのことは前日に聞いたので、車中であれこれ話す必要はない。

昨日は、未那の勤務先近くにある喫茶店の個室で会い、ことの次第を順に話した上、濱地は彼女から吸い上げられるだけの情報を吸い上げていた。

　集中的に質問したのは、やはり八月十二日のことだ。「あの日を境に――」を繰り返していた未那の記憶は鮮明で、朝目覚めてから帰りの車内で幹也が不機嫌になるまでを克明に語ってくれた。当人の心に引っ掛かっていたのは、白馬の形をした美しい雲。ユリエには何でもないことにしか思えなかったが、印象に残っているらしい。濱地も雲のことは聞き流した。

「幹也さんは、砂の城を作った時のことを話してくれました。温かな砂の中であなたの手を摑んだ時、大きな幸福感を覚えたのだとか。あなたにとっては、どうでしたか？」

　長い睫《まつげ》の目をわずかに伏せて、未那は答えた。

「ドキドキするほど素敵で、時間が止まればいい、と思いました」

「そこでプロポーズされるかも、と思ったんですよね」

　横からユリエが言うのに「はい」と頷《うなず》く様が、同性の目にも愛らしい。年下の彼氏に、未那はぞっこんなのだ。何とかしてあげなくては、とあらためて思う。

「でも、その言葉は聞けなかった？」

「まだ早い、とためらったんでしょう。がっかりはしませんでした。彼、まだ二十三ですから、男性としては簡単に結婚がどうこうなんて言えないのも無理ありません。そんなことはどうでもよくて、ほかほかと温かい砂の中でいつまでも手をつないでいたい、と思ったんです」

当日の写真を彼女からも見せてもらったので、砂山を挟んで見つめ合う二人の情景がありありと想像できた。ユリエがそんな瞬間に憧《あこが》れを覚えていると、未那は力ない声で尋ねた。

「彼は、元に戻るんでしょうか？」

濱地の答えは「戻してみせます」だった。

事態を終結させるためのヒントを得たようだが、それが何かユリエは聞かされておらず、ボスもまだ確信が持てないらしい。「兼井さんと現地に行ってみなくてはなりません」と言うので、今日の新潟行きになった。めまぐるしいばかりの展開だが、未那は「よろしくお願いいたします」と従ってくれた。幹也については「同行しない方がよさそうです」とボスは言ったが、その理由は不明だ。

ユリエは彼のことも気になったのだが、昨日の午後遅くに事務所から電話をかけてみると元気にしていた。お守りが効果を発揮したんだな、と思ったら、濱地は「ただの石ころだよ」と言う。偽薬として渡したものが役に立っていたのだ。

「あれで充分だ。えらく迷惑な奴だが、さほど強くもなさそうだった。霊視者を避けたがる程度のものだしね。彼の部屋に残留していた気配からも察しがつく」

　いつものように余裕綽々《しやくしやく》の濱地を頼もしく思いながらも安心できないユリエは、車窓を過ぎて行く風景を眺めているボスに訊かずにはいられなかった。

「あの二人は、海水浴を楽しんで帰っただけですよね。そんなことで変なものに取り憑かれるなんて災難もいいとこです。先生は、どうやって黒い靄を祓《はら》うつもりですか？　そもそも、あれは何なんでしょう？……って、先生はご覧になっていませんでしたね」

「視ずとも、どういうものか見当はついているよ。平たく言えば死者がこの世に遺《のこ》した思念だ。きみは、それを視ることはできても、どういうものかを感得するには至っていないようだね。――ああ、触覚的に感知することもできていたか」

「靄に触ったりしていませんけれど」

「黒い靄をまとった茂里さんを見た時、舌にざらりとしたものを感じた、と言っただろう。わたしに話してくれたじゃないか」

　意外なことを言う。

「あれが茂里さんのトラブルと関係あるんですか？」

「ある、とわたしは踏んでいる。もうすぐ確かめられるよ」

　話しているうちに列車は長岡《ながおか》駅に着き、三人は下車した。ここから目指すビーチまでは、濱地がレンタカーを運転する。公共交通機関を乗り継いでいると時間がかかる場所なのだ。後部座席に一人で座った未那は自分からはひと言も発せず、目的地が近づくにつれて緊張が高まっているようだった。

やがて海に出る。今日の日本海は穏やかで、濃い群青色をしていた。すっきりとしない曇天だったが、ほとんど風がない。さらに三十分ほど走ると、未那たちが泊まったホテルが見えてきた。

「到着しました。ここですね？」

その手前のビーチの脇で停車させ、濱地は一人で車を降りる。

「少しお待ちください。ああ、志摩君もこなくていいよ。わたしだけで行く」

誰もいない十月の浜へ彼はぶらぶらと歩いて行き、道路と渚《なぎさ》の中ほどで足を止める。そして、しばらく頭《こうべ》を垂れていた。

「わたしたちが砂遊びをしたのは、ちょうどあのあたりでした」

掠《かす》れた声で未那が言う。だとすれば、ボスが何かを摑んだことは明らかだ。

五分ばかりそうしてから、濱地はゆっくりと引き返してきて、ユリエと未那に手招きをする。二人は、糸で引かれるように探偵の元へと進んだ。

「兼井さん、よく聞いてください。〈彼〉と約束してきました。最後にもう一度だけ、あなたの手を握れたら消えるそうです。〈彼〉は、あそこにいます」

そう言って、先ほど佇《たたず》んでいたあたりを指差す。

「〈彼〉って……誰なんですか？」

未那は、呆気《あつけ》に取られている。

「この海で命を落とした若者、いや少年です。赴くべきところへ行けずに、砂に身を埋めて留《とど》まっているんです。生きた人間の目には視えないのですが、砂の中でなら接触することができる存在となって。騒がれないように注意しながら、戯れに生者に触れて仄《ほの》かな喜びを味わっていたようですね。あの日、あなたが砂の中で握ったのは〈彼〉の右手です」

「そんなこと、信じられません。わたしが幽霊の手を握ったのだとしたら、幹也は——

——」

「彼はあなたの手を『捕まえた』とか『摑んだ』とか言いましたが、『握った』とは言わなかった。このように」濱地は自分の右手で左手を摑む。「捕まえたのでしょうね。それはあなたの右手ではなく、砂の中にいた悪戯好きな〈彼〉の左手ですよ。あなたの美しい右手を握り締めるために、相手の男性に左手を摑ませたわけだ。わたしはね、茂里さんの話を聞きながら不自然だと思ったんです。愛し合っている男性に手を捕まえられたら、女性は摑まれたままではいられず握り返すものです。——そうだろう、志摩君？」

不意の問いかけに即答できず、ユリエは口ごもる。濱地は未那に向けて続けた。

「悪ふざけで握ったあなたの手に、〈彼〉は恋をしてしまったのですよ。恋していればこそ、あなたに危害を加えなかったのを幸いと喜べません。子供じみた嫉妬《しっと》心から、あなたの彼氏に憑いてしまった。茂里さんには微塵《みじん》も落ち度がなく、完全な被害者です。冷たい仕打ちを受けたと感じることもあったでしょうが、責めないであげてください」

未那が「はい」と答えると、探偵はその背中に手を添えた。

「嘘みたいな話でしょう。でも、本当なんです。半信半疑のままでもいいから、さあ、あの日と同じように砂に手を差し入れてみなさい。〈彼〉は、乱暴な真似はしません。わたしと志摩は、少し離れています」

今度は「はい」とは言わず、未那は逡巡《しゅんじゅん》していた。「大丈夫」と濱地は請け合う。

「十六歳の男の子です。弟の手を握るつもりで、最後に一度だけ。小さな波が寄せて返すほどの短い時間でかまいません。それがすめば、東京で茂里さんがあなたを待っています」

やがて決心がついたのか、未那は歩いて行き、示された場所で両膝《ひざ》と左手を突く。そして、砂の中へおずおずと右手を差し入れた。手助けをしてやることもできないユリエは見守るしかない。

波が一度、寄せて返した。

未那は、こちらを振り向いて〈終わりました〉と目顔で告げる。安堵《あんど》とも悲しみともつかない表情を浮かべて。終わったはずなのに、すぐには右手を抜こうとしない。

「手を摑まれたら、握り返します」

ユリエがぽつりと洩らすと、濱地に苦笑された。

「これはまた、なんて遅い返事だ。さっきわたしが尋ねてからきみが答えるまでの間に、地球は公転軌道上を何千キロ移動しただろうね」

それを無視して、思ったことを口にする。

「彼氏の手を、ぎゅっと握りたくなりました」

ボスは再び苦笑いした。

なおも未那は両膝と左手を突いたまま、ようやく抜いた砂だらけの右手を見つめている。その向こう、波打ち際にぼんやりとした白い靄が漂っているのに気づく様子はない。目を凝らすと、それは水着を身に着けた少年の後ろ姿に変わっていった。まだ肩幅が広くなり切っていない彼は、海へ帰ろうとしているようだ。

「どうかね？」

濱地の問いに、ユリエは小さく頷きながら答える。

「視えました」

分身とアリバイ

初老のマスターは右手で写真を目の高さに掲げ、左手をエプロンのポケットに入れたまま、「うーん」と唸《うな》っている。眉間《みけん》には深い皺《しわ》が刻まれていた。

「どうですか？」

赤波江聡一が返事を催促すると、相手は写真に見入ったまま答える。

「やっぱりこの人ですよ、刑事さん。顔の輪郭やら全体の感じがそっくりだし、下の唇だけ肉厚っていう特徴がそのまんまだ。この写真の顔は澄ましてるけど、笑うと目が三日月みたいな形になったなぁ」

具体性のある証言で、記憶が曖昧《あいまい》なまま適当なことをしゃべっているとは思えない。八枚の写真の中からこれを選ぶ際も迷いがなかった。

「あ、そうそう。これ」

マスターは晴れ晴れとした表情になって、写真を赤波江に向ける。

「耳たぶもこんな感じでした。細くて、ちょっと垂れているような感じ。言っては失礼だけど、目鼻立ちがはっきりしたお顔と不釣り合いに貧弱でしょう。うん、ここまで揃えば間違いない」

本当にたくさん揃えてくれた。できすぎの感もあるが、このマスターが共犯者で偽証をしているとも考えにくい。

「お役に立てましたか？」と訊《き》かれて、赤波江は「大いに」と答えた。一般市民のありがたい協力に感謝すべきなのだが、被疑者のアリバイが成立してしまうのが愉快ではない。現場での目撃証言があり、心証の上でも須崎藤次《すざきとうじ》は真っクロなのだが。

写真を受け取り、気怠《けだる》いトランペットがBGMに流れる喫茶〈しろやま〉を出た。

行き交う車のヘッドライトが毒々しいまでに眩《まぶ》しく、目に突き刺さるようだ。

店内では無言だった所轄署の大町《おおまち》が、赤波江の顔を覗《のぞ》き込むようにして言う。

「八時から九時前までいた、という時間も合っていたし、須崎の線はなさそうですね」

「決めつけるのはまだ早すぎる。胸を張って自信たっぷりに日にちを間違える証人だっているんだ」

「しかし……。『明日の午後から大雨らしいですね』と問題の客が言うのに、マスターは『関西じゃもう降り出してるみたいですよ』と応《こた》えたそうですから、十月十九日だったのは確かだと思います」

予報どおり雨は降った。このところは晴天続きで、前後はずっと晴天だ。

「ふん。その会話自体、別の客と交わしたものかもしれないだろうが」

われながら言い掛かりだな、と赤波江は思う。以後、若い刑事は口を噤《つぐ》み、二人は次の目的地へ黙って歩いた。晩秋の風がコンクリートで固められた街を吹き抜け、彼らのネクタイを旗のように翻す。

「あそこです」

大町に教えられるまでもない。一階と二階がガラス張りで、〈ブレスド・ボディ〉というサインが出たビルが道路の反対側にある。話に聞いていたとおり、ランニングマシンで汗を流す会員たちの姿が煌々《こうこう》と光るガラス越しに見えていた。

腕時計を見ると七時四十五分。先ほどの喫茶店を出てから、ここまでかかった時間は十分ちょうどだ。

「あの真ん中あたりで走っているのが池内《いけうち》真穂《まほ》ですかね」

大町が一人の女を指差す。

「そうらしいな。いてくれてよかった」

黄色いワンピース形のウェア、黒のストレッチパンツ。聞いていたとおりのスタイルだ。道路を隔てているので顔立ちはよく判らないが、長身で手脚がすらりと長い。ショートカットの前髪をリズミカルに揺らしながら、涼しい顔で脚を運んでいる。

信号を渡り、スポーツジムの受付で来意を明かすと、ポロシャツ姿の女性係員は戸惑いを見せた。

「池内様でしたら七時においでになっています。いつも八時頃までトレーニングをなさるのですが……」

「あと少しですね。呼び出していただくのは申し訳ないから、そのへんで待たせてもらいましょう」

シャワーを浴びたり、化粧をしたりするのに時間がかかるのは承知していたが、それぐらいのロスタイムはちょうどいい休憩だ。刑事らは片隅の長椅子に掛け、自販機のコーヒーを飲みながら時間を潰《つぶ》した。

「せっかくジムにきているのに、一時間で切り上げるんですね。早いなぁ」

大町が言う。

「おまえさん、ジムに通って鍛えているのか？　若いのに腹がたるんできてるくせして」

「いいえ、そんな贅沢《ぜいたく》なことをしている時間はありませんよ。日々、仕事でたっぷり鍛えてもらってますし」

会員たちがひっきりなしに出入りするが、彼らがいるスペースには近寄ってこない。事件の話をしても差し障りがなさそうである。

「さっきの喫茶店のマスターは勘違いをしている」

「赤波江さん、ずっと疑っていますね。ぼくはそうは思わないんですけれど。勘違いをしていると考える根拠はあるんですか？」

「ホシは須崎だ。泡を食って現場から立ち去るところを目撃されているんだから、あいつがやったのに決まっている」

「現場といっても、殺しがあった部屋から出てくるところを見られたわけではなくて、マンションから出てきたらしい、というだけじゃないですか。『決まっている』は言いすぎでしょう。目撃証言にしても、写真を選んで『この男によく似ている』というだけです。そっちが勘違いかもしれませんよ」

「ほお。じゃあ、須崎はシロだって言うんだな？」

「とは言っていません。でも、喫茶店のマスターの証言が覆せなかったら、須崎にはアリバイが成立します」

「あれだけでアリバイ成立とは言えんだろう。須崎が行きつけにしている店ならともかく、ふらっと初めて入った店だ。マスターの記憶が歪《ゆが》んでいて、別人と取り違えているのかもな」

「いやいや、それはありませんよ。須崎が言ったとおりの時間帯にマスターが取り違えるほどよく似た客が店にいた、なんてことがあったら奇跡です。支払いをすませた後、レジ前で小銭を派手にばら撒《ま》いてマスターにも拾ってもらった、というのも彼が話したとおりだし」

大町の反論はいたって論理的で、赤波江としてはいったん黙るしかない。紙コップのコーヒーをぐいと飲んだ。

「シロかクロかは、まだ決められん。池内真穂の話を聞いてからだ」

マスターと違って、彼女は須崎と顔見知りだ。アリバイの証人として、より重きを置かなくてはならない。

八時半。奥から出てきた長身の女性会員に受付の係員が声をかけたので、赤波江はすっと腰を上げた。

「わたしに何かお訊きになりたいそうですけれど……」

ショートヘアの活発そうな娘だった。瞳《ひとみ》が大きく、シャッターを切るようにキレのいい瞬《まばた》きをする。スポーツジムまで警察が押しかけてきた理由について思い当たることは何もない、と言いたげだ。

長椅子の周囲に人がこないので、そこで話を聞かせてもらうことにした。

「須崎藤次さんをご存じですね？」

「はい」

「どういうご関係ですか？」

「ご関係って……親しくお付き合いしているわけではありません。家がご近所で、コンビニで会ったりした時に挨拶をする程度です」そこで声を落として「須崎さんがどうかしたんですか？」

「いいえ、どうしたとかこうしたとかいうわけではないんですが、ある事件の関係者になりましてね。須崎さんから色々とお話を伺うことがあったんです。その証言の裏付けを取る必要があるもので、こうしてお邪魔したわけです。ご迷惑でしょうが、ご協力をお願いします」

「はあ」

まだ合点がいかないようだが、目に好奇の色が浮かんだ。

「何を話せばいいんでしょうか？」

「十九日のことを少し伺えますか。二日前の月曜日です」

赤波江がそう言っただけで、彼女はスポーツバッグのポケットから小さな手帳を取り出す。

「池内さんは駅前の不動産会社にお勤めでしたね。月曜日、会社を出てから何をなさいましたか？」

手帳を開くまでもなかった。

「六時半に上がって、このジムにきました。毎週、月水金と通っているんです」

「いつもどおりここで汗を流したわけですね。それは何時から何時まで？」

「七時ちょっと前にきて、八時までトレッドミルで走っていました。ああ、トレッドミルというのは、ベルトコンベアーがついたランニングマシンのことです」

そして、今日と同じく八時半にジムを出たと言う。

「須崎さんなら、走っている最中に見掛けましたよ」

こちらから訊くまでもなく核心に触れてきた。赤波江は、相手の表情によく注意しながら質問を進める。

「ジムの前を歩いているのを見たんですね？」

「はい」

「それは何時頃でしたか？」

「えー、さすがにそこまでは覚えていません」

「何時何分とまではご記憶にないでしょうけれど、おおよそ何時ぐらいでしたか？走り始めてすぐだったのか、しばらく経ってからだったのか」

根が真面目なのか、恐ろしく真剣な顔で考えだした。待つこと約二十秒。

「七時半を過ぎたぐらいだったように思います。調子が出てきて、いい気分になっていたあたりでしたから」

四十分だったかもしれないし四十五分だったかも、と言うが、それしきの誤差はどうでもいい。七時から八時までの間に、須崎藤次を見たかどうかが知りたかったのだ。

「疑うようで失礼なんですが、それは確かに彼でしたか？　よく似た別の人と間違えた可能性はありませんか？」

「ありません」

彼女は手帳をバッグのポケットにしまいながら断言した。

「何故そう言い切れるんですか？」

「何故って、須崎さんの顔はよく知っているからです。黒っぽいブルゾンを羽織っていたのも覚えています。最近はいつもあれを着ていますね」

傍らの大町は軽く頷《うなず》いていた。アリバイ成立の結論を下したらしい。

「しかし、立ち話をしたわけでもありませんよね」

「はい、もちろん。ガラス越しに目が合ったので、にこっと笑って頭を下げただけです。須崎さんは、わたしが走っている時にちょくちょくジムの前を通りかかるんです。気づいたら、いつもこんなふうに挨拶をしてくれます」

彼女は顔の横で拳《こぶし》を作ったと思うと、開いたり握ったりして見せてくれた。言われてみれば、池内真穂と顔を合わせた旨を語った時、須崎はそんな身振りをしていた。ふざけているのかと思ったが、あれはそのシーンの忠実な再現だったのか。

「おどけた感じの挨拶ですね。十九日の月曜日も？」

「どんなことでもかまわない
「はい」

「いつもと違うな、と感じた点はありませんでしたか？　どんなことでもかまわないんですが」

「いいえ、特に何も。ふだんと同じ様子でした。……あのぉ、何を確認なさりたいんですか？　アリバイ調べみたいに聞こえるんですけれど、わたしが見たのが須崎さんだったことは確かです」

　捜査上の秘密に関わることなので、と断わりながらも、これが須崎のアリバイ調査であることを赤波江は認めた。そうした上で、彼女が知る範囲での須崎像を訊き出そうと試みる。

「さっきも言ったとおりで、家がご近所だというだけです。コンビニでコンサートのチケットを買おうとして、慣れていないのでまごついていたら助けてくれたことがあって、それがきっかけで顔を合わせると挨拶するようになったんです。それ以上ではないので、くれぐれも誤解しないでください。どんな人かと訊かれても、愛想がよくて親切な人ぐらいの印象だけです。ほんのうわべのことですよね。悪い人かもしれない、と思ったことはありません。どんな仕事をしているのかも知らないんですけれど……あの方、何をしていらっしゃるんですか？」

「お知り合いですから、ご本人に尋ねてみてください。プライバシーに属することなので、わたしからは――」

そう言葉を濁しておく。須崎は先月まで新宿区内のリース会社に勤めていたが、経営不振で人員整理に遭い、目下は蓄えと失業保険で生活しながら求職中だ。

「このジムは、トレーニングしているところが外からよく見えます。わたしなんか照れてしまいそうですよ。そんなことを気にするのが変なんでしょうかね」

雑談口調で言うと、池内は口元をほころばせる。

「変ではないけれど、刑事さんは自意識過剰じゃないですか？」

「池内さんは平気なんですね。今日は一番前の列で走っていらしたようですが、十九日も？」

「わたしが一番前の列で走っていたって、よくご存じですね。――はい、外の景色を見ながらトレーニングするのが好きなので、いつもあんな感じです。月曜日もそうでした」

可愛い感じのウェアを着ていた。通行人の視線を気にしないどころか、むしろ見られることを楽しんでいるのだろう。

「だから、ガラス越しに須崎さんとよく顔を合わせるんですね？」

「よく顔を合わせるといっても、せいぜい月に一度か二度です。初めてここから見掛けたのは、半年ぐらい前だったかな。お互いに『あれ？』っていう感じで頭を下げて、それ以来『あのジムの前を通るたびに、池内さんはいないかな、と見ますよ』と須崎さんは言っていました。こちらはいつも走っていますが、須崎さんはお仕事の帰りだったり近くに買い物に行くところだったり、色々かな」

服装や手にしているものからそう推察しているそうだ。では、十九日はどう映ったのか？

「ブルゾンを着てリュックを背負っていましたから、お仕事帰りというふうではありませんでした。外出先から帰るところだったんじゃないかな」

「十九日以降、彼と会ったり連絡を取ったりしましたか？」

「会っていないし、連絡なんか取りませんよ。何回もお話ししているとおり私は――」

須崎の恋人やガールフレンドと思われるのが、よほど心外らしかった。

志摩ユリエがコーヒーを出すと、赤波江は恐縮して頭を掻《か》いた。いつにない遠慮した態度だ。

「すみませんね。今日は濱地さんに呼ばれてきたのではなく、ご相談に押しかけたのに。――ああ、おいしいねぇ。こりゃ疲れが癒《いや》される」

強面《こわもて》なのだが、グローブのようにごつい手でカップを包むようにして飲むのがちょっと可愛い。何度か出入りするうちに、ユリエへの接し方に親しみをにじませてくれるようになっていた。

「先生はもうお戻りになると思います。すぐ近くにお気に入りの喉飴《のどあめ》を買いに行っただけですから」

とユリエが言っているうちに、階段を上ってくる靴音がして、濱地健三郎が帰ってきた。ソファに赤波江がいるのを見て、「おや」と声を出す。

「こんなむさ苦しい探偵事務所に警視庁捜査一課の辣腕《らつわん》刑事さんが立ち寄ってくださるとは。御用向きは何ですか？　一服しに寄ってくださったのなら、ゆっくりしていってください。この後、依頼人がくる予定もありませんので」

滑るような動きでソファに掛け、ユリエにも座るように言った。

「濱地さんの貴重なお時間を拝借して、申し訳ありません。いつもお世話になりっぱなしの上、さらに甘えてしまうんですが」

「わたしは赤波江さんのお世話なんてしていませんよ。その逆で、あなたがわたしを助けてくださる」

刑事然として無骨な赤波江と、オールバックに髪を撫《な》でつけた年齢不詳――三十代後半なのか五十代前半なのかも不明――の探偵。二人が腰の低さを競い合うのが、ユリエには何だかおかしかった。

超自然現象が絡んだ事件を専門とする心霊探偵の濱地健三郎には、普通の探偵にはない種類の苦労があった。たとえば、霊的なものの導きで山中に埋められた死体を探し当てて、ありのままを警察に通報したとしても取り合ってもらえないどころか、下手をすると殺人犯の嫌疑を掛けられかねない。そういう場合は、彼の特殊な能力について理解している赤波江を介して、できるだけ自然な形で死体が発見されるようにするのだ。真犯人をいち早く突き止めた場合も同様。濱地は表に出られないから、手柄は必然的に赤波江に譲ることになり、図らずもギヴ・アンド・テイクが成立する。彼らは、そのことを互いにありがたく思っていた。

事務所にやってきた刑事は、「ご相談があって」とユリエに言った。濱地は、調査の過程で警察が摑《つか》んでいる情報の提供を赤波江に求めることがあったが、その逆はこれまで一度もなかった。今回は異例の展開らしい。

「聞き込みで回っている途中なんですが、抜け出して濱地さんのご意見を伺いにきました。平素の付き合いに免じて、無料でアドバイスをいただけますか?」

「もちろんです。——また相棒を置いてけぼりにしてきたんですね?」

「ええ、『ちょっと一人にしてくれ』と言って若いのを振り切りました。デカはコンビで動くなんて、つまらんやり方です」

二人一組で動くのが嫌なわけではあるまい。一緒に心霊探偵の助言を仰ぎに行こう、と言えないだけだ。

　ユリエは膝《ひざ》の上でノートを開き、どんな事件なのかとメモの準備をしていたのだが、刑事は思いもかけない質問から切り出した。

「生霊っていうのは、いるんですか？」

　濱地の助手を務めているうちに、もともと素養があったらしくユリエにも霊的なものが視《み》えるようになったが、生きている人間の霊とやらにはお目にかかったことがない。

　濱地の答えは「いますよ」

「ほお、いますか。先生はご覧になったことがあるんですね？」

「ええ、何度か。強烈な想念から生まれたものですから、気持ちのいいものではありません」

「おぞましそうですね。それは、その……本体とそっくりそのまま、瓜《うり》二つの姿をしているんでしょうね」

「文字どおり生き写しです。ただ、視え方は時と場合によりけりで、煙のごとく霞《かす》んでいたりもします」

「そんな儚《はかな》げな現われ方を……。しかし、生きている本人と取り違えるような姿で出てきたりすることもある？」

「ありますから」

「でしょうね。自分で自分の生霊を視る、ということも起きるそうですから」

「それはドッペルゲンガーと呼ばれる現象ですね。ドイツ語で二重の影。不吉なもので、視てしまうと死期が近い、と言い伝えられています」

「聞いたことがあります。芥川龍之介《あくたがわりゅうのすけ》も自殺する少し前に視てしまった、とか」

「言い伝えは事実ではありませんよ。外から帰ってきたら部屋に自分が座っていた、なんて光景を視るのは恐ろしいことで、よくないこととされるのも無理はない」

「視たくはないですね、そんなもの」

「自己像幻視は脳の異常や精神状態から生じる幻覚であって、禍《わざわい》をもたらすわけではない。それ自体をむやみに恐れる必要はありません」

「超自然的な、霊的な現象ではないんですか？」

「違います。ああ、しかし、紛らわしいケースもありますね。興味深い事例があったように思うんだが、あれは……」

記憶をたどろうとする濱地を赤波江は止めた。

「いやぁ、面白いのでもっとくわしく伺いたいんですが、あまり悠長にしていては貴重なお時間の浪費になる。ドッペルゲンガーの話はまた別の機会ということにして、事件のことを」

「生霊がその事件に関係しているんでしょうか？」

赤波江は「はい」と答え、広い肩を揺すって座り直す。

「十月二十日、世田《せた》谷《がや》区内のマンションの一室で絞殺死体が見つかりました。被害者は山津《やまづ》儀秋《よしあき》、三十五歳。妻子も同居人もいない独り暮らし。同区内の会計事務所に勤めていました。無断欠勤を訝《いぶか》しく思った所長が帰宅途中に様子を見に寄ったところ、チャイムを押しても応答がない上、ドアの鍵が開いていた。ますます不審に思って声を掛けながら室内に入り、居間で首を絞められて死んでいるのを発見したという次第です。死因は頸部《けいぶ》を紐《ひも》で絞められての窒息死。死亡推定時刻は、十九日の午後七時から九時までの間」

殺人事件であることは明白だったので、ただちに世田谷署に捜査本部が設置され、警視庁の捜査一課から赤波江らの班が駆り出される。現場周辺での聞き込みから怪しい人物が浮かび、被害者の身辺を少し洗うとそれに特徴がぴたりと一致する男が炙《あぶ》り出された。――須崎藤次、三十二歳。

ここで赤波江は、被害者と被疑者の写真を取り出して見せた。山津儀秋はのっぺりと平坦《へいたん》な顔で、一見したところ誠実そうにも映る。須崎はまずまずの男ぶりだが、ユリエにすれば何を考えているのか判らないタイプであった。

「須崎はリース会社に勤務していた折に世田谷区祖師《そし》谷《がや》方面を受け持っており、仕事を通じて山津と面識を持ちました。競馬という共通の趣味があったので話が合ったのだとか。日曜日につるんで府中《ふちゅう》競馬場に行ったり、吞《の》みに行ったりもしたそうなんですが、面倒な問題が持ち上がります。馴染《なじ》みにしていたスナックの女性に、二人揃って懸想してしまうんです。どちらも本気で、ここ半年ほど激しい鞘当《さやあ》てをしていたらしい」

勝負は拮抗《きっこう》していたが、須崎が失職したことでバランスが崩れ、秤《はかり》は山津に傾きだす。須崎としては苦々しいばかりの事態だ。さらにまずいことに、彼は競馬につぎ込むための資金に窮し、山津から百万円を超す金を借りていた。

「山津儀秋は父親からのまとまった遺産を相続していて経済的に余裕があったので、それを融通してやっていたんでしょう。スナックのある常連客によると、山津はその借金の件を持ち出して、店の片隅で『あの子から手を引け』というようなことを、ねちねちと言っていたそうです」

要するに、須崎にとって山津は邪魔で仕方のない存在で、殺人の動機を有していた、ということだ。しかし、それだけのことで容疑者になったわけではなかった。

現場付近で聞き込みをかけると、非常に重要な証言が得られた。事件当日の午後七時四十分頃、被害者が居住するマンションから出てこようとした男が、自転車と接触しかけて転倒。自転車に乗っていた中年女性が慌てて駆け寄ると、「大丈夫」と言って、そそくさと立ち去ったというのだ。

「女性は、相手の顔をしっかり見ています。最近までそのマンションで暮らしていたので、『知らない人だな』と思ったそうです。それはいいんですが、いかにも顔を見られたくなさそうにしていたのを不審に感じ、覚えておこうとしたと言います」

「そう聞いただけでも怪しげですし、時間的に凶行をすませて逃げようとした犯人にも思えますね」

濱地は手を両膝に置いたまま落ち着いた口調で言い、赤波江はごつごつした顎《あご》をひと撫でする。濱地がよくやるしぐさを真似るように。

「はい。証人の語る人相や体つきは須崎のものと符合していて、われわれが隠し撮りした須崎の写真を見るや『この人です』と言うので、あっさり解決したな、と思ったんですが——」

須崎から事情聴取をしてみたら、山津との確執は否定しなかったものの、事件にはいっさい関与していないと言い張る。そして、当日のアリバイを得々と並べてみせた。

「七時半頃、〈ブレスド・ボディ〉というスポーツジムの前を通りかかり、顔見知りの女性がマシンで走っていたのでガラス越しに手を振るなど挨拶をした。八時から九時前までは、そこから徒歩十分ほどのところにある〈しろやま〉という喫茶店に入り、競馬新聞を読んだりぼけーっとしたりして過ごした。その後は、自宅マンション近くのよく行くコンビニに寄って雑誌を立ち読みし、明日の昼食用の弁当を買って九時五十分頃に帰宅。ざっとこうなんですけれどね」

「もちろん、警察は裏を取った？」

「はい。すべて彼の言うとおりでした。帰宅してから、昔の同僚に電話をかけて一時間ほど延々と愚痴をこぼしているんですが、それも確認しています」

「その電話は何時から何時まで？」

「十時過ぎから十一時半までです。付き合いのいい同僚ですよね。話した相手は間違いなく須崎で、不自然な様子はなかったとのことです。背景音はなく、出先からかけている気配もなかった、と」

ユリエは言葉を挟みたくなった。

「犯行現場から須崎という人の自宅マンションまで、移動にどれぐらいかかるんですか？」

「祖師谷から葛飾《かつしか》区内の青砥《あおと》まで電車を乗り継いだら一時間以上かかる。車を飛ばせば五十分ぐらいかな。須崎は自分の車を持っていないし、借りた形跡もないんだけれど」

「タクシーを使ったのなら、ぎりぎりで間に合いそうですけど、そんなことをしたらバレますよね」

「いくら調べても彼を乗せたタクシーは見つからないし、もし見つかったとしても大きな問題が残る。われわれが須崎を怪しいとにらんだのは、彼らしい男が七時四十分頃に現場マンションから出てくるところを目撃した人物がいるからなんだが、同じ頃に彼を青砥駅近くで見た人物がいる。〈ブレスト・ボディ〉でトレッドミルとかいう機械のお相手をしていた池内真穂という女性だ。こっちはご近所さんの顔見知りだからね。彼女は『間違いなく須崎さんでした』と言い切っている。しつこく訊いたんだけれど、疑問の余地はないそうで、となるとお手上げだ」

「困りましたね」

ユリエは隣に座っている濱地の反応を窺《うかが》う。相変わらず泰然としていたが、やがておもむろに言う。

「自転車でぶつかりそうになった女性の証言以外に、須崎という人を疑う理由はあるんですか？」

「物的証拠などは何もありません。被害者に敵意を抱いていたと思われる人物が須崎しかいないことを重視しています。犯行現場には物色された跡がほとんどなく、強盗の可能性は低いことも申し添えておきます」

今日は十月二十九日。事件発生から十日が経過し、赤波江は焦りだしているのだろう。が、それだけなら濱地を訪ねてくるとも思えない。

「わたしがここにきた理由をお察しいただけましたか？　デカの本分を忘れて無精をしようというんじゃない。濱地さんにしか訊けないことを訊きにきたんです」

「それが生霊ですか。スポーツジムの前に現われたのは須崎藤次本人ではなく、彼の生霊だと？　面白い発想ですね」

「そんな目尻《めじり》に皺を寄せて笑わないでくださいよ。こっちは真剣なんですから」

終始にこやかだった濱地が真顔になって、咳払《せきばら》いをする。年齢不詳のクールな探偵は、笑い皺なんかできませんよ、と言いたかったのかもしれない。

「すごく不思議なんですよ」刑事は訴える。「現場マンション前で犯人らしき男が目撃されたのと、須崎らしき男が池内真穂の前に現われたのは、ほぼ同じ時刻です。どんなトリックを使っても二ヵ所に同時にいられるはずがないのに。片方が須崎の生霊だとでも考えるしかありません。そうでなければ分身の術だ。忍術の専門家には心当たりがないので、ここにきたというわけです。——志摩さん、何か言いたそうだね」

「いいえ」といったん否定してから、ユリエは思ったことを口にする。

「生霊が出たと考える前に、色々と確かめたんですか？　池内さんが錯覚した可能性だとか、よく似た替え玉が共犯者にいた可能性だとか」

職人気質《かたぎ》の刑事に生意気なことを言ってしまった、と肝が冷えたが、赤波江は気分を害したふうでもない。

「抜かりなくやりましたとも。池内嬢には相当しつこく食い下がったけれど、本人の確信は微塵《みじん》も揺らがない。頼まれて偽証しているとも思えない。挨拶の仕方も服装もいつもと同じだったということなので、他人の空似のはずはない。ないない尽くし。替え玉だとしたら、よほどそっくりな奴が務めたことになる。それこそ双子の兄弟とか。しかし、須崎藤次は次男っぽい名前に反して一人っ子で、似ているか否か以前に齢《とし》の近い親類もなし」

「血がつながっていない〈そっくりさん〉がいたのかも。見慣れた挨拶の仕方や服装は、打ち合わせをしておいたんでしょう」

「簡単に言ってくれるけれど、そんな都合のいい〈そっくりさん〉がいるかねぇ。どうやって見つけたの？　ネットで画像検索でもした？」

「検索で見つかるとは思えません。どこかでたまたま会って、知り合いになったとか……」

「顔も背恰好《せかっこう》もそっくりだからと意気投合したとして、赤の他人同士が『おれ、今度人を殺すから、アリバイ工作を手伝ってくれない？』『おう、いいよ』とはならないよ。金欠の須崎が、謝礼を弾んで頼んだとも思えない」

「もっと質問してもいいですか？」

赤波江は「どうぞ」と促す。

「当日、須崎藤次が行った〈しろやま〉という喫茶店は、家から近いのに初めて入った店なんですよね。彼に行きつけの店はなかったんですか？」

「ふだんは別の喫茶店を利用するんだけれど、改装中で閉まっていたから、ふらりと〈しろやま〉に入ったと言っている」

「理由があったんですね。でも、もしも替え玉を使ったんだとしたら、初めての店は都合がよかったとも言えます。マスターや店員さんが顔馴染みだと、本人じゃないことが判ってしまいますから」

「まあね。しかし、だからといって替え玉だと決めつけるわけにはいかない」

「レジで支払いをする時、小銭を財布からぶち撒けたり、お天気の話をしたりしたのも引っ掛かります。お店の人に自分がきたことを印象づけようとしていたみたい」

「同感なんだけど、これまた『下衆《げす》の勘繰りです』と言われたら反論できない」

「顔見知りの池内さんとは、ガラス越しに笑顔と身振りで挨拶をしただけ。須崎が替え玉を使ったんだとしたら、これもよく考えていますよね。相手がトレーニングをやめて、『ちょうどよかった。あなたにお伝えしたいことがあったんです』なんて出てくる心配はまったくありません。決まった時間にジムに通っているから、刑事さんに訊かれて『あれは何時だったかしら？　忘れたわ』と言われることもない」

「替え玉説が当たっているなら、そのへんのことも考慮したんだろうね。近辺の防犯ビデオもチェックしたんだけれど、映らないように注意していたのか、替え玉らしき人物を追跡することはできなかった。まことに残念ながら、その〈そっくりさん〉がどこの誰かは皆目不明。生霊について濱地さんに尋ねにきた心境が判ってもらえましたか?」

「はい」ユリエが素直に答えると、赤波江はふふと笑った。

「志摩さんは漫画家志望から探偵助手に転身して、次は刑事になろうとしているのかな? すごく食いつきがいいね」

「バレちゃいました?」

「えっ、本当かい?」と慌てたのは濱地だ。大事な片腕に逃げられてはかなわない、と動揺してくれたのなら、ユリエにとってこんなうれしいことはない。

「冗談ですよ、先生。最近、ミステリーを読むのが楽しくて、調子に乗ってしまっただけです。今回の事件は、難攻不落の鉄壁のアリバイを崩せって感じですね。ミステリーなら生霊のしわざという結末はあり得ませんけれど」

「事実はミステリーよりも奇なり、ですよ」赤波江は言う。「幽霊だの霊魂だの、濱地さんと会うまでは存在するわけがないと思っていたのに、いるんですからね。わたしは視たことがないけれど、視える人には視えるということは理解しました。いや、視えない人が視てしまうこともあるんでしたっけ?」

濱地が頷く。

「そんなケースもありますよ。——それはさて措《お》いて、この件に首を突っ込ませていただきましょう。お世話になっている赤波江さんからのご相談とあっては、できるだけのことをしなくては」

「重ねて言いますが、お世話になっているのはこっちですよ」

律儀に繰り返す刑事に、探偵は穏やかに言う。

「では、持ちつ持たれつの関係ということにしておきましょう。今回はわたしが持つ番だ」

「どこから手を着けていただけますか？」

「まずは須崎藤次なる男を観察してみます。〈よからぬもの〉が肩のあたりに漂っているかもしれません」

——ああ、そういうことが以前あったな。

ユリエは思う。その時は彼女には何も視えなかったのだが、能力が覚醒《かくせい》した今ならしっかり視えるのではないか。濱地の有能な助手であるためにそうであってほしい。

赤波江によると、須崎は警察の行動観察下にあって、複数の捜査員がずっと身辺に張りついているらしい。それを承知しているからか怪しげな動きはなく、ハローワークに出向いてごく形式的に求職活動をする以外は自宅に引きこもっているという。

「夕食はたいてい外ですませていて、近所の食堂に行った後で馴染みの喫茶店でコーヒーを飲むのが日課です」

今は午後五時半。外出した先で彼を離れたところから検分することになった。七時に青砥駅北口の改札で落ち合うことを決めると、赤波江は「では」と立ち去った。

「先生、わたしも行かせてくれますね？　残業代は要りませんから」

無意識のうちに手を合わせながらユリエが頼むと、探偵は「もちろんだよ」と答える。

「スケッチブックを用意しておいてくれるかな。きみに画才を発揮してもらうかもしれないので」

「視えたら描くんですか？」

「そういうこと」

「はい、判りました。……だけど、もし須崎の肩のあたりに〈よからぬもの〉が漂っていたとしたら、それは浮かばれない被害者の霊ですよね。殺されたのは山津儀秋さんだとはっきりしています。その人の似顔絵を描いても意味がないんじゃ……」

「予期せぬ何かが視えるかもしれない。それを素早くスケッチしてもらいたいんだよ。なるべく須崎に気づかれないように。難しいだろうけれど、がんばってくれ。わたしにはできないことだから」

最後のフレーズが大いにユリエを喜ばせたのは言うまでもない。

濱地はソファから窓際の席に移り、机の上のランプスタンドを乾いた布で拭《ふ》き始めた。エミール・ガレ作のご自慢の逸品で、笠の部分が美しいモザイク・ガラスになっている。茸《きのこ》のような形をしているのだが、ボスの丹精込めた手入れを眺めていると盆栽のように見えてくる。

彼女も自分の事務机に戻って、やりかけていた伝票整理を再開したのだが、どうにも事件のことが頭から離れず、ついつい探偵に話しかけてしまう。

「悩める赤波江刑事のお役に立ちたいところですけれど、厄介ですね」

「ん、何が？」とボスは手を止めない。

「もしも、生霊がアリバイ作りに手を貸したのだとしたら、どうすれば罪に問えるんでしょうか？『あの夜、池内真穂や喫茶〈しろやま〉のマスターが会ったのは須崎本人ではなく、その生霊だ』なんて証明する手段がありません」

「それは無理だね」

「だいたい、その生霊がアリバイ工作を手助けしたのは偶然なんですか？『犯行をすませている間に、どこか別の場所にもう一人の俺が現われたらアリバイができるのになぁ』と須崎が念じたら、本当に出現した？　それとも、彼は自由自在に自分の分身を呼び出して操れる？　どっちか判りません」

「どっちだろうね。自分の分身をコントロールできるとなると、それは一種の体外離脱で、ドッペルゲンガーというよりバイロケーションだが。――まあ、そう結論を急ぎなさんな」

読みかけのミステリーに影響されたようで、ユリエの脳内に様々な仮説が渦を巻く。

「赤波江さんが思い込みをしているだけで、須崎が真犯人ではない可能性もありますよね。アリバイが正真正銘の本物だったら、生霊も何も関係なくて、先生が出向しても無駄足です。警察に地道な捜査をやり直してもらうしかありません」

「無駄足を踏むぐらいは厭《いと》わない。それが嫌なら探偵なんかやっていられない」

「あ……はい」と頭を掻いたところで、また違うことが閃《ひらめ》いた。

「先生、証人たちが目撃したのが須崎本人で、実際に手を下した方が生霊ということはありませんか？　とても物騒な想像ですけれど、彼の憎しみが実体化して山津儀秋の元へ向かった、とか」

「生霊が山津を紐で絞め殺し、逃げようとした時に自転車とぶつかりかけて転び、素顔を見られた、か。ひゅーと虚空に消えればいいのに、そそっかしくて人間臭い生霊があったものだね。『源氏物語』に出てくる六条御息所《ろくじょうのみやすどころ》の妖しさとは大違いだ」

「生霊は人を殺せませんか？」

「殺せないとは言わないが、まったく別の方法を選ぶものだ」

「こういう手口を選ぶそそっかしい生霊がいるのかもしれませんよ。先生がこれまで会わなかっただけで」

「わたしは何もかもを知っているわけではないから、きみが言わんとするところも判る。しかし、それでは筋が通らないよ。洗練されたピッキングの技術を持った泥棒は、わざわざ窓ガラスを破って留守宅に侵入したりしない。霊だって同じだ」

「うーん、すごく判りやすい例をありがとうございます」

霊的なる存在について考える際も、筋を通さなくてはならないのか。ユリエは心に銘記した。

「もしも生霊が出現したのではなくて、それでもなおかつ須崎が犯人だとしたら……どんなトリックを使ったんでしょう？」

「それは心霊探偵の領分ではないね。ミステリーに登場する名探偵にお出まし願うよりなさそうだ。謎解きに挑戦してみるかね？」

「仕事の手を止めて、考えてみてもいいですか？」

恭しい仕草で、どうぞ、とボスは許可してくれた。

だが、いくら知恵を絞ってもそんなトリックは考えつかない。

――これはまだ修練が足りないからだ。もっとミステリーを読まなくっちゃ。

そうこうしているうちに六時を過ぎ、二人は事務所を出て青砥駅へと向かう。改札口では、もう赤波江が待っていた。

「張りついている捜査員から連絡が入ったところです。奴は部屋を出て、いつもの食堂へ入りました。三十分後には、〈オッベル〉という喫茶店に行くはずです」

濱地の判断は早く、二人はそちらに先回りして待つことになった。もしも須崎が日課に反して自宅マンションに引き返すようだったら、至急報《しら》せてもらうことにして。

「〈オッベル〉だなんて、ドッペルゲンガーみたいですね。韻を踏んでいますよ」

ユリエの戯言《ざれごと》をボスは一蹴《いっしゅう》した。

「多分、そのドイツ語とは無関係だろう」

店の入口に木彫りの象が鎮座しているのを見て、彼女はやっと宮澤賢治《みやざわけんじ》の『オッベルと象』を思い出した。店主が賢治ファンなのかもしれない。

古びてはいるが、寛《くつろ》ぎやすそうな喫茶店だった。ほどよくレトロな雰囲気で、背もたれが高い椅子は見るからに座り心地がよさそうである。店名から期待したメルヘンやファンタジー色はどこにもない。お客は中年男性が三人で、新聞を読んだりスマートフォンをいじったりしている。

須崎は一番奥のテーブルが指定席だと聞いたので、二人はその手前のテーブルに着いた。スケッチの役目を担うユリエが奥を向いた席に座る。

待機すること約二十分。写真で見た顔がのそのそと入ってきて、予想どおりの場所に落ち着いた。あっ、と出そうになった声を押し殺し、ユリエは濱地に囁《ささや》く。

「視えるんですけれど……ぼんやりしていて描けません」

「うん、やや不鮮明だね。あれでは志摩君には無理か」

やはりボスとは能力に格段の差があるようだ。須崎の両脇にぼんやりとした人影のようなものが視えているのだが、面立ちはさっぱり判らない。影は大小二つ。大きさと輪郭からして男と女のようである。

「目を凝らしても視えやしないよ。仕方がない。席を替わろう。わたしが言うとおりに絵にしてくれ」

さりげなく席を交替する間もした後も、濱地はにこにこと笑いながら小声で話した。和やかに談笑していると装っているのだ。そして、視線を適当に散らしながらも、〈よからぬもの〉を迷いのない様子で描写していく。

「二人立っているうちの一人は山津儀秋だから、そっちは描かなくてもいい。もう一人は女で、まだ若い。きみより何歳か上。二十代後半だろうな。ややふっくりとした肉付きのいい顔で、それをカバーするかのようにストレートの髪を垂らしているね。眉毛《まゆげ》長さは肩に掛かる程度で、毛先は外側に跳ねている。目の位置が心持ち低くて、眉毛の形はこう」と指で示して「そんな感じだけど、もっと濃くてシャープだ。右の瞼《まぶた》に黒子《ほくろ》。目は虚《うつ》ろだが、生前は柔和だったのだろう。くっきりとした二重瞼で目尻が垂れ気味。鼻筋はきれいによく通っている。鼻は小さめ。唇は上下とも薄くて口角が下がり気味。人中《じんちゅう》のラインが深く、顎は広い。顎が広いというのは……そう、そんな感じ」

ユリエは懸命に5Bの鉛筆を走らせる。いったん完成させた後、次々に繰り出される指示どおりに修正を加えていくと、濱地は拍手のポーズをしてくれた。非常にいい出来らしい。

「人捜しに使える似顔絵になった。心霊探偵が持つべきものは、何をさて措いても絵心のある助手だね」

「ありがとうございます。――ところで先生、これは誰なんでしょうね」

「どうだろうか。それは警察が調べることで、わたしたちのお手伝いはここまでだ」

そんなわけはない。濱地が真骨頂を発揮するのはこれからではないか、と思ってユリエは言う。

「先生なら被害者の霊と会話ができるんじゃないですか？　事件の真相を聞き出して、赤波江さんに伝えれば――」

ボスは勢い込む助手の言葉を遮る。

「残念ながら、そんなに虫のいいことにはならない。須崎にとっての〈よからぬもの〉は弱々しくて、とても話せそうにない。ただ彼につきまとい、かろうじて生前の形を保っているだけだ。よしんば簡単な会話が成立したとしても、犯人がどのようにしてアリバイを偽装したのか、被害者自身には見当がつかないのではないかな」

「あっ、そうか」

「須崎がやった。それが確信できただけでも収穫だよ。赤波江さんには、この似顔絵を足掛かりに捜査の範囲を広げてもらおう」

「どこかで事件につながっているはずですもんね」

と言いながら描き上げた作品を見ているうちに、ユリエは不思議な気分に襲われた。この人物に何となく見覚えがあるのだ。右の瞼に黒子がある女。知り合いには一人もいないし、有名人でもないのだが……。

しばらくすると須崎が立ち上がり、二人の傍らを通って店を出て行く。ぼやけた人《ひと》形《がた》とともに。

「ちょっと鉛筆と消しゴムを借りるよ」

そう言って、濱地はユリエが描いた絵に手を加えだした。視た者にしかできない微妙な修正があるのかな、と思って見ていると、女の左前頭部にざっくりと開いた傷が描かれたので驚く。

「こ、この人も殺されているんですか？」

「頭に傷があるから殺されている、と断定するのは禁物。事故や自殺で亡くなったのかもしれない。ましてや、須崎がもう一人殺していると決めつけるのも早計」

須崎のアリバイを崩す糸口は見つからず、事件の様相は複雑さを増したようだ。こんな似顔絵を渡されても、赤波江は困惑してしまうだろう。

「ここのコーヒーもいけるね」と濱地がお替わりを注文したところで、赤波江が店内に滑り込んできた。テーブルの上の絵を見た目が、きらりと光る。

「この女は誰ですか？」

「さあね。須崎にへばり着いていたのだが、身元も彼との関係も判らない。そちらで調べていただくしかありません」

「頭の傷は？」

「激しい打撲の跡でしょう。骨が露出していたから致命傷だっただろうな」

「もう一人殺《や》られている？　こんな女は捜査の過程で浮かんでいないんですが」

「山津儀秋よりも先に殺されているのなら、捜査員には会う機会がありませんでしたね。被害者か被疑者の周辺に、このような女がいなかったかを調べていただくよりない。私が描き込んでしまった傷は消す方がいいかな」

新たな宿題を出されて刑事は唸っていたが、やがて思い出したように濱地とユリエに礼を言った。

「この絵を頂戴《ちょうだい》します。ありがとうございました。せっかく描いていただいたものですから、必ず役立てます」

赤波江は慌ただしく出て行き、濱地は二杯目のコーヒーを味わう。ユリエは、自分が描いた絵の女のことをずっと考えていた。

──会ったことはないのに、どこかで見た気がする。ということは写真で見たんだ。テレビや雑誌で？　何かのポスターで？

「どうかしたかい？」

ボスに訊かれて、反射的に「いいえ」と答えたものの、すぐに言い直す。

「さっきの絵の女性、わたしの好きなタイプの顔なんです。どことなく信頼できる感じで、友だちになれそうな感じがするというか……」

そうであるからよけいに、無惨な死を遂げたのだとしたら気の毒に思う。

「ふむ。それで？」

「実際に会った覚えはまったくないんですけれど、どこかで見たような気がして、もやもやしています」

「だから記憶のファイルをまさぐっていたんだね。それなら、わたしは力になれない。頭の片隅に収納しておけば、何かの拍子に閃くかもしれないよ。──しかし、妙な話ではあるな。きみは、山津儀秋とも須崎藤次とも接点がないんだろう？」

「はい。それなのに……変ですね」

カップの底にわずかに残ったコーヒーを飲み干すと、砂糖が溜《た》まっていて甘ったるかった。

ファミリーレストランで濱地に夕食をご馳走《ちそう》になり、三軒茶屋《さんげんぢゃや》にある自宅マンションに帰り着いたのは十一時近く。バスタブに湯を張りながら、テレビでニュースを観る。北海道で起きた強盗殺人事件の犯人が逮捕されたとかで、人相がひどく悪い男の顔写真が流れていた。

「うっわ。何こいつ。五、六人殺してそう」

テレビに向かって突っ込む癖は、どうにも直らない。実家の母親がＣＭにいちいちリアクションをするのを笑っていたのに、自分も似たようなものだ。こっちは独り暮らしだから仕方がない、と自己弁護しているが――。

思い出した。

会ったこともないのに、有名人でもないのに見覚えがある顔。似顔絵に描いたあの女とは、テレビのニュースで対面したのだ。事件だったたか、事故だったか？　わたしと友だちになりそうな感じの人なのに、ひどい目に遭って……と同情した。

――何だったっけ。ひと月ぐらい前のこと？　もっと前だったかも。

〈お湯張りが終了しました〉と機械が告げるのを無視して、ユリエはパソコンを起《た》ち上げる。そして、まずは殺人事件に狙いを定め、女性が被害者になったものを片っ端から洗い出していく。頭部の傷からして殴殺されたらしいから、それも検索条件の一つだ。キーを叩《たた》いて、クリックして、キーを叩いて、クリックして。

作業を始めて一時間が経ち、その顔を発見した瞬間、「見つけたぁ！」とわれ知らず叫んでいた。

ちょうど一週間後。

豪華なフレンチのディナーが並ぶテーブルの向こうに、にこにこと笑う赤波江の顔があった。右斜めの席の濱地も上機嫌だ。

「こんな店にきたのは、女房にプロポーズした日以来です」

照れ臭そうな刑事に、探偵が言う。

「赤波江さん、いったい何年前のことなんですか？　暦がひと回り以上していそうだ。事件解決を祝してわたしたちをもてなすよりも、結婚記念日ごとに奥様とくるべきでしょう」

「仕事柄、それは無理ですよ」

舌平目だのムール貝だの、ユリエも久しぶりだ。ワインもおいしい。思いがけないご馳走をしてもらい、赤波江を拝みたくなる。

「拝むのはこっちですよ、志摩さん。あなたのおかげで須崎を観念させられたんだから。全部こちらの手柄にしてしまって申し訳ない。今夜のディナーはそのお礼と罪滅ぼしです」

「と、口止めかな」

濱地が言うのに、刑事は「いやいや、口止めなんて」と笑って応じる。ユリエは、ここぞとばかりに謙遜《けんそん》して、今夜のホストを持ち上げることにした。

「赤波江さんがすごいと思います。わたしが提供したのは、あの絵の女性の身元だけですから。それもネットで検索しただけです」

「でもね、似顔絵を描いてくれたのは志摩さんだし、『どこかで見た顔だ』と気づいてくれたから彼女にたどり着けたんですよ。最大の殊勲であることに間違いない」

似顔絵を受け取った赤波江は、どうしたものかと思案に暮れたという。心霊探偵にアドバイスを仰いでいることは秘密だから、「こんな幽霊が須崎にまとわりついているんだが、心当たりはないか？」と捜査員らに尋ねて回るわけにもいかない。妙案が見つからずにいたところへ、ユリエが貴重な情報をもたらしたのだから驚喜した。

その女の名前は綿田《わただ》そよ子、二十七歳。神奈川県内の私立高校教諭で、九月三十日の深夜に自宅で殺害されていた。交際相手との関係がこじれていたため、容疑者として一人の男が捜査線上に浮上したものの、彼には確固たるアリバイがあった。事件は全国的に報じられたが、もちろん警視庁は関与していないから当該容疑者のことなど知る由もない。堅牢《けんろう》なアリバイに守られている男は、魚飛功静《うおとびこうせい》という三十二歳の進学塾講師だった。

「ある捜査で心安くなった男が神奈川県警の捜一にいたので、事情をぼかしながら綿田そよ子殺しについて聞かせてもらったんです。しきりに『手詰まりでなぁ』とぼやいていましたね。アリバイが崩せなくて捜査が壁にぶち当たっているという状況がよく似ていたので、もしかしたら、と考えたのが──」

サスペンスドラマで観たことがある交換殺人。須崎と魚飛の関係は不明だが、同い年だから何かでつながっているのかもしれない。ある時、どちらも殺してしまいたい人間がいることを知り、ターゲットを交換する殺人計画が持ち上がったとしたら、二人とも犯行時に完璧なアリバイを用意できる。

魚飛功静の勤め先が大田《おおた》区内の塾だと聞いた赤波江は、どんな男かと様子を見に行って驚愕《きょうがく》する。顔も背恰好も、須崎と瓜二つだったのだ。

「こんなによく似た人間がいるのか、とびっくりしましたよ。気色が悪かった、と言うべきかな。赤ん坊の時に別れた双子だと判明した時は、そりゃそうだろう、と安心したぐらいです」

戸籍上、二人は赤の他人である。生まれた直後に「双子なんかとても育てられない」と両親が嘆くのを聞いた産科医が、「男の子を熱望している人がいる」と話を持ちかけ、秘密裡《り》に功静が魚飛夫妻に譲り渡された。夫妻の実子として。

何も知らないまま双子は育つが、藤次の母親は臨終の間際に事実を打ち明ける。「お前には双子の兄がいる。魚飛という変わった姓だから、探せば見つけられるかも……探せば見つけられるかもしれない」と。好奇心に駆られた藤次は、ほどなくその兄が隣県で暮らし、都内に勤めていることを知って対面を果たす。殺したい人間がいる、という話を洩《も》らしたぐらいだから、二人は反目するどころか、よほど強く共鳴し合うものがあったのだろう。不幸なまでに。

「となれば、交換殺人なんてものは必要ありません。分身の術が使えるのも同然なんですから。東京と神奈川では近いけれど管轄する警察が別だから、こっちの事件の被疑者とそっちの事件の被疑者が同じ顔をしている、とは気づかれないだろう、と考えて……実際にそうなっていたんだなぁ。事前に自分のものと同じ服やリュックを渡し、十池内真穂にどんなふうに挨拶するかを教え、入ったことのない喫茶店を指定して、十九日の午後七時から九時あたりのアリバイを替え玉の功静に作らせ、犯行をすませて戻ってきた藤次はよく行くコンビニに現われて自分自身の役を引き継ぐ。役目を終えた替え玉は防犯カメラを避けつつ、変装を解いてタクシーで去る。たったそれだけのトリックでした。事後には、どんな様子だったか相手から報告を受けていたんでしょう」

　須崎に兄弟はいない、と断じたことを赤波江は反省していたが、こんな事態まで想定に入れるのは難しかっただろう。濱地はそうなだめた上で、刑事の機知を褒めそやす。

「魚飛功静をどうやって見つけ出したのかについての赤波江さんの説明は見事ですよ。綿田そよ子の幽霊抜きで魚飛にたどり着くのは不可能に近いですからね。今回の事件では、志摩君と赤波江さんとわたしの連携プレイが功を奏した」

「見事って……濱地さん。苦し紛れですよ。ああでも言うしかなかった」

　JR京浜東北線《けいひんとうほく》の車内で驚くほど須崎とよく似た男を見つけたので、何者だろうかと尾行して家を突き止め、身元を調べたら……というストーリーは苦し紛れではあるが、信憑性《しんぴょう》を帯びているとも言える。

「いや、よくできた説明です。捜査本部の皆さんは、刑事であることのロマンを感じたに違いありません」

「そうですか？　じゃあ、不肖・赤波江聡一もがんばったということで」ワインを注《つ》ごうとして「ボトルが空くなぁ。皆さん、グラスで追加しますか？」

「いただきましょうか。同じロゼがいい」と濱地。

　ユリエは、綿田そよ子のことを考えていた。諍《いさか》いの原因が何だったのかはよく知らないが、殺されただなんて理不尽すぎる。逮捕された魚飛功静は自供を始めているということだから、まもなく起訴されるだろう。それを待って、綿田の墓所に花を手向《たむ》けに行くつもりだ。

「志摩さんはどうします？」

空いたグラスを指して、赤波江が訊いてくれる。

「わたしは結構です」

やんわりと辞したところで、ユリエは離れた壁際のテーブルにおかしなものを見つけ、はっとする。和気藹々《あいあい》と語らっている若いカップルの男の肩口に〈よからぬもの〉が漂っているではないか。

――ここにも人殺しがいる！　視えるって、こういうことなんだ。

身を固くしていると、その視線を追ったボスが言った。

「志摩君、怖がることはない。あっちは喫煙席だよ」

「えっ？」

男の頭上まで立ち上った紫煙はゆっくり広がり、次第に消えていった。

霧氷館の亡霊

急速に発達したシベリア寒気団が北海道と東北地方を包んだため、各地が氷室《ひむろ》のような寒波に見舞われ、山間部では豪雪による被害が懸念され始めていた。新幹線が関東平野を抜けるや、たちまち空はどんよりと曇って車窓は銀世界となる。

冬期に北国に出張することは濱地健三郎にとって珍しくないし、寒さを苦にする質《たち》でもない。とはいえ今回の現場は雪深いところらしいので、どこかで思わぬ足止めを食わねばいいが、と案じないでもなかった。

行く手で何事が待っているかは知れず、仕事の準備のしようもない。本を読むでもなく居眠りをするでもなく、濱地はずっと窓の外を眺め、とりとめもない想念に耽《ふけ》って過ごした。

東北本線から別の線に乗り換えて、さらに一時間。指定された駅に降り立ったのは午後三時前だ。コートを腕にかけた男が二人、改札口で待っていた。

「濱地先生ですね。遠路はるばるお越しいただき、ありがとうございます。桐山昂輔《きりやまこうすけ》です。こんな悪天候の中を恐縮です」

肩幅の広い大柄な方が、よく響く低い声で言った。くしゃくしゃとした癖のある髪を、ほんのりと茶色に染めている。洒落者《しゃれ》らしいイタリア・ブランドのジャケットに靴。人を威圧するような雰囲気があるのは上背のせいばかりではないだろう。目つきが鋭く、表情にもどこか険がある。年齢は四十を少し越したあたりか。

昂輔は、さりげなく濱地の全身を観察していたから、この探偵がいくつぐらいなのか見当をつけようとしたのかもしれない。だとしたら何歳にも見えて、自分より上か下かも推察しかねただろう。

依頼人は彼の妻、桐山楚乃子《そのこ》なのだが、体が弱いためふだんから家の外に出るのは稀《まれ》で、ましてやこんな天候とあっては外出ができないために夫の彼が出迎えにきたという。

一緒に待っていた黒縁眼鏡の男についての紹介はなく、当人も無言のままだった。こちらは中肉中背で、草食動物のように穏やかな表情をしている。昂輔より三つ四つ年下というところだろう。

「ここから車で三十分ほど走りますので、お話は車中で」

寒冷地仕様のミニバンは、シートヒーターがよく利いていた。黒縁眼鏡がハンドルを握り、濱地らは後部座席に座る。

「雪道を走りますが、彼の運転は確かですからご安心ください」昂輔は言った。「杜《もり》日出夫《ひでお》といって、うちに同居している人です」

運転席の男はルームミラーに映る濱地に軽く会釈してから、大粒の雪が降りしきる中、ゆっくりと発車させた。同居人というだけでは、どういう素性《すじょう》なのかはっきりしない。

「杜さんは、お身内の方なのですか？」

濱地が尋ねると、昂輔は鹿爪らしい顔で答える。

「いいえ、そうではありません。わたしが大変お世話になったことがあるもので、当家に住んでもらっているんです。家族だけでは広すぎるので助かります」

「平たく言うと居候です」

初めて杜が声を発した。くぐもっていて、やや言葉が明瞭《めいりょう》ではない。

「三食昼寝付きでは申し訳がないので、運転手から料理人から雑事全般をやらせてもらっています」

「ほお、料理も」

器用そうには見えなかったので、濱地には意外だった。

「大したものは作れません。『お世話になったことがある』なんて昂輔さんはおっしゃいましたが、とんでもない。ひたすらぼくがお世話になっています」

数軒の店があるだけの駅前を離れると、町並みはたちまち果て、コンクリートの橋を渡る。いかにも冷え冷えとした川の瀬で、一羽の鷺《さぎ》が陰鬱《いんうつ》な灰色の空を見上げていた。

「濱地先生は普通の探偵ではなく、超自然現象を専門に扱う心霊探偵……なんですね？」

昂輔が探るように訊《き》いてくる。半信半疑なのだろう。

「はい、このとおり」

対面した時に出しそびれた名刺を渡しながら、肩書を示す。

「呪いや祟《たた》りや、幽霊やらについて調べるだけでなく、解決に導いていただけると妻が申していますが、本当ですか？」

「幸運にも恵まれているのか、これまで失敗したことがありません。万一、お役に立てなかった場合は、経費だけいただければ結構です」

「頼もしい。しかし、はたして濱地先生にはるばる東京からお越しいただくほどのことかどうか、わたしには判らんのです」

「電話をかけていらした奥様は、かなり心配なさっているようでしたが」

「あれは根が心配性な上、可愛い息子のことになると大袈裟《おおげさ》にうろたえてしまうから……。いや、わたしも昂太《こうた》のことは気になってはおるんです。精神状態が不安定で、何かに怯《おび》えているのは確かなので」

ルームミラーの中の杜はまっすぐに前を見ていたが、背後のやりとりに聴き入っている気配がある。

桐山楚乃子から事務所に電話がかかってきたのは五日前のこと。子供の様子が普通ではなく、心理カウンセラーに相談しても埒《らち》が明かずに悩んでいたところ、たまたま濱地のことを知って相談をしてきたのだ。

カウンセリングが有効ではなかったからといって心霊探偵に頼るというのは唐突に思えたが、九つになる息子の昂太は「家の中に何かがいる」と怯え、日常生活に支障を来《きた》しかけているらしい。母親としては、藁《わら》にもすがる思いで電話をかけてきたのだ。

「息子の訴えを聞いているうちにわたしにも不安が伝染したみたいで、やすらぎの場であるべき家が薄気味悪く感じられるようになりました。辺鄙《へんぴ》なところで申し訳ないのですが、一度こちらにいらして原因をお調べいただけないでしょうか。そして、息子とわたしが平穏を取り戻せるようにしてください」――というのが彼女の切なる依頼だった。

「『家族だけでは広すぎる屋敷』だと奥様もおっしゃっていました。もしかすると、息子さんにはその広さが不安なのではありませんか？　心霊探偵よりも、やはりカウンセラーが対処すべき事案かもしれませんよ」

ここまできておいて今さら、ということを言って、濱地は昂輔の反応を窺《うかが》う。

「あの子は、走り回って遊べるわが家の広さが気に入っていました。小さな頃からずっと過ごしてきた家を理由もなく怖がるようになるのは奇妙です」

楚乃子によると、昂太に異変が現われたのは三ヵ月ほど前からだということだ。四ヵ月前には同居していた祖母を亡くしている。その影響が出てきたとも考えられたが、母親のみならず父親もそれを否定した。

「息子は義母にあまり懐いておらず、むしろ煙《けむ》たがっていました。お祖母《ばあ》ちゃんが死んだショックで精神のバランスを失ったとは思えませんね」

ひとまずはその言を受け容《い》れておこう。

「お化けの映画を観たり怖い本を読んだりしたせい、ということでもありませんよ。それなら本人がそう言うだろうし、息子は繊細でも臆病《おくびょう》でもなく、タイプとしてはやんちゃ坊主ですから。――ねえ、杜さん」

運転席の男は「ふだんは元気のいいお子さんですね」と言う。杜の目から見ても、このところの昂太は「ちょっとおかしい」のだそうだ。

「まだ何とも言えませんが、息子さんは本当に不可視なものを視《み》ている可能性もあります。昂太君の血統に、そのような能力を持つ方はいますか？　あるいは、いましたか？」

昂輔は、すっぱいものを口に含んだような顔になる。

「幽霊の類《たぐい》を視る人間はおりません。そういう能力は遺伝するんですか？」

「しばしば。ですが、お身内にいないからといって昂太君がそうでないとはかぎらない。――お屋敷には素敵なお名前がついていましたね」

「亡くなった義父が気取って〈霧氷館《むひょうかん》〉と呼んでいました。あたりの森によく樹氷ができて、きれいな景色が見られるのが自慢だったんです。〈樹氷館〉でもよさそうなものですが、霧氷の方がしっくりきたんでしょう」

命名者がどこまで厳密に言葉を選んだのかは不明だが、霧の粒が樹木にぶつかって氷となって付着し、気泡が交じって白濁した色になるのが樹氷で、霧氷よりも意味するものの範囲が狭い。

「失礼を承知でお尋ねします。霧氷館について、よからぬ因縁などはありますか？」

「一切ありません。鄙《ひな》には似合わぬ大きな洋館というだけで、地元の子供にお化け屋敷呼ばわりされているかどうかまでは知りませんが」

桐山夫妻は望んでその屋敷で暮らしているが、霧氷館は彼らが建てたものではない。消費者金融業をしていた楚乃子の父が、債務者から借金のカタとして取得したものだった。当初は「そんな物件をもらっても仕方がない」とぼやいていた義父は、交通の便がよろしくない屋敷を法人向けの保養所にでも改装しようと考えたりしたが、しばらく滞在しているうちにいたく気に入って翻意し、半ばリタイアするのを機に引っ越す。娘の楚乃子は高校生だった。彼女は東京の大学に進んで昂輔と出会い、卒業後に結婚。新婚時代を東京で過ごしてから、五年前に家族でこちらに移ってきていた。

昂輔の義父は勝負勘が冴《さ》えた人物だったようで、利息制限法で定められた上限を超えた過払い金が問題となって怒濤《どとう》の返還請求が始まる前に自分の会社を畳み、県内や首都圏にマンションを買って家賃収入で手堅く稼ぐ投資にシフトしていた。義父亡き後はその手腕を義母が受け継ぎ、義母亡き後は昂輔一家がひたすらその恩恵を享受している。

「借金のカタというのが、先生には引っ掛かりますか？　相手は泣きの涙で手放したわけではなく、どちらかというと義父が大損をしたというのが実態ですよ。義父の好みに合ったのは、たまたまにすぎません」

「霧氷館のことで不幸になった人は、過去も現在も存在しない、ということですね。昂太君にとってもいい環境だったそうですが、奥様や亡くなったお義母様《かあさま》にとっても？」

「妻は結婚後に体を壊しまして、静かな場所で落ち着いた生活をするのをありがたがっています。通院する必要がある病に侵されているわけではないから、不便を感じることもない。義母にとっても、のんびり過ごせてよかったでしょう」

「大きなお屋敷にみんな憧《あこが》れますが、維持や管理が大変かと。それが負担になることはありませんか？」

「必要に応じて人を呼んでいるので、家の広さに振り回されることはありません。私の家族は妻と息子だけですけれど、他にも同居人が三人いて、何くれと手伝ってくれます」

杜日出夫の他にも、昂輔の妹の等々力《とどろき》紗衣《さえ》と、義父と愛人の間にできた娘の間宮《まみや》友奈《ゆうな》が暮らしているそうだ。使用人はいないから、霧氷館の住人は締めて六人。

それぞれの居候たちがやってきた事情を聞き出そうとしたところで、昂輔が「濱地先生」とあらたまった声で言う。

「あと五分もすれば家に着いてしまうので、ここで率直に申します。先生の手腕について疑うつもりは微塵《みじん》もないのですが、わたしが期待しているのは一にも二にも昂太の心が平穏を取り戻すことです。そうなれば妻の憂いもなくなり、わたし自身も安心できる。あくまでも希望するのはそれで、幽霊を退散させていただくには及びません」

言わんとするところを忖度《そんたく》すれば、こういうことか。昂輔はもとより心霊現象など信じておらず、心因性のトラブルに悩まされている昂太の気の迷いを打ち消してくれたら充分だ。もっともらしいお祓《はら》いの儀式や暗示などで結果を出してくれたらよい、と。濱地は機嫌を損ねるでもなく、そういう場合もあり得るか、と思うだけだった。

車は曲がりくねった山裾《やますそ》の道をたどっていくが、除雪が行き届いているので走行に支障はない。すっぽりと雪をかぶっているのは、昂輔によると橅《ぶな》や欅《けやき》の森で、秋には鮮やかな錦秋を織り成すそうだ。

霧氷館が木立の向こうに見えてくる。


石造りを模した三階建ての屋敷は、雪景色の中で異彩を放っていた。そぞろ歩いているうちに何も知らずに門の前にやってきたら驚いただろう。左右対称で、正面中央に尖《とが》った破風が一つ。切妻屋根の勾配《こうばい》が急なのは、雪が積もりにくくするために違いない。どの窓からも臙脂《えんじ》色のカーテンが覗《のぞ》き、どれも整然と同じ形で巻き上げられていた。庭木の枝には樹氷がつき、白い花で覆われているように見えなくもない。

吹き抜けに王冠形のシャンデリアがぶら下がった玄関ホールに通されると、色白のほっそりとした女に迎えられる。ひと声聞いただけで妻の楚乃子だと知れた。昂輔より三つ年下と聞いたが、見た目はさらに若々しい。眉《まゆ》は八の字の形のままで、わたしは困っています、とアピールしているかのようだ。

「あちらのお部屋を暖めてあります。さ、どうぞ」

応接室に通される前に、濱地は玄関ホールの真ん中に立って神経を霊的なものに向けて集中させてみた。微《かす》かに感じるものがあるが、確信を持つには至らない。館内をじっくり調べて回る必要がある。

ふと二階に目をやった時、昴太らしき男児と目が合うや、小さな影はすっと奥に引っ込んだ。楚乃子が「失礼しました」と詫《わ》びる。

「あとできちんとご挨拶《あいさつ》をさせます」

「わたしがくることは話してあるんですか？」

「はい。目に視えないものについて調査してくださる専門家の先生がいらっしゃる、とだけ」

そのあたりが妥当な説明だろう。いつもならこれから下校時間で杜が車で迎えにいくのだが、インフルエンザが流行して昨日から学級閉鎖になっているという。

「家より学校にいる方が落ち着くみたいで、本人はお休みになったことを嫌がっています。以前でしたら喜んで大はしゃぎしたはずなのに」

応接室のソファに着くと、楚乃子は萎《しお》れた声で嘆いた。建物はそれなりに古びてきていたが、誰のセンスによるのか内装や調度の趣味はとてもよく、この部屋はアール・ヌーヴォー調にくねったブラケットが洒落ている。

本題に入ろうとしたところでドアが開き、髪の長い女がコーヒーを運んできた。昴輔が「妹です」とだけ紹介する。兄とはかなり年齢が離れているようだ。彼女は話に加わることはなく、トレイを胸に抱いて一礼すると、さっさと退室した。

昂太のただならぬ様子について、濱地は質問を繰り出しながら詳細を聴き取っていく。三ヵ月ほど前のある日、夕食の最中に「ダイニングに何かいるよ」と言いだしたのが始まりだった。その後、ダイニングだけでなく廊下や階段でも「いる」と騒ぎ立てるようになり、半月ほど前からは不眠に陥っていた。授業中に安心しきって眠り込んでしまうものだから、担任の教師からも心配されている。

「具体的に何がいるのかについては話しません。『何なのか判らないけれど、うろうろしている』のだそうです。子供はそんなことを言いがちなんでしょうか？」

「お話を聞いただけではコメントできません。これまではそういうことは言わないお子さんだったんですね？」

夫婦は同時に頷《うなず》き、夫が言う。

「小学生に使う表現ではないかもしれませんが、息子はわたしに似てリアリストだと思っていました。まさか幽霊の影みたいなものに怯えるとは」

昂太に異変が生じた時期に義母の死以外にとりたてて変わった出来事がなかったことを確かめてから、濱地はこの霧氷館の同居人たちについて尋ねる。質問の意図を訊き返すこともなく、昂輔が応じた。

杜日出夫と知り合ったのは、昂輔が大学を中退して元学友らと起業し、インターネットを利用した学生アルバイト仲介業を始めた時のこと。時代の先端を行くベンチャー起業家気取りだったがほどなく行き詰まり、仲間たちの背信によって貧乏くじを引かされかけたところを杜の正義感と才覚に救われたのだという。その後、逆玉の輿《こし》に乗った恰好《かっこう》の昂輔とは反対に杜は転職先で大きなミスを犯して、路頭に迷いかける。それを知った昂輔が救いの手を差し伸べたのだ。居心地がよほどいいのか、杜はすっかり霧氷館に根が生えてしまい、ここでの暮らしは四年の長きにわたっている。

昂輔絡みのもう一人の居候である等々力紗衣は、不幸な結婚の末、兄に泣きついてきたために住人に加わった。ひどい経験をしたらしく、楚乃子も同情を禁じ得なかったそうだ。准看護師の心得があり、高齢者との接し方がうまかったため、晩年の義母にとってもありがたい存在だったとか。

まだ顔を見ていない間宮友奈も、困窮の挙げ句に霧氷館の門をくぐっている。彼女は、楚乃子の父親が愛人に産ませた子なのだが、生前の義母は優しく接していた。子供時代が不遇で淋しい目に遭ったことへの憐憫《れんびん》もあったようだが、友奈の温和で控えめな性格が気に入ったのだ。得意の英語力を活かした仕事を東京でしていた彼女は、ハードワークで心の健康が損なわれたために退職を余儀なくされ、それを知った義母が四年半前に霧氷館に呼び寄せた。現在はパソコンを使って在宅でビジネス文書の翻訳を請け負うとともに、家庭教師として昂太に英語を教えている。

昂輔も楚乃子も、くる者は拒まずで非常に寛大だ。父母が遺《のこ》してくれた資産で悠々と暮らせることからくる余裕というものか。懐に飛び込んできた窮鳥たちを、それぞれの能力に応じて使用人として利用してきた節もあるが。

杜日出夫、等々力紗衣、間宮友奈。外界で傷ついた三羽の小鳥が、ここで翼を休めている。そんな者たちが舞い込んできたせいで、九歳の子供には息苦しい空気が醸成され、幼い心に強いストレスを掛けたのではないか？　濱地はそんな可能性を考えたが、そういう事実があったとしても、体裁を優先して取り繕われそうに思えたので、昂輔と楚乃子には質《ただ》さなかった。代わりに別の質問をする。

「不安を訴え、寝つきが悪くなった以外に何かありますか？　理由のはっきりしない発熱や頭痛、悪寒といったものは？」

「今のところ、ないみたいです。──本人を連れて参りましょうか？」

楚乃子が中腰になりながら言うので、濱地は「お願いします」と答えた。

窓の外では雪が降り続け、世界をなおも白く上塗りしていく。この勢いのままならば、数日で館が埋まってしまいそうな気さえする。

「よく降るな」

濱地に釣られて窓を見やった昂輔が、ぽつりと無感動に呟《つぶや》いた。

母親に連れてこられた少年は顔を強張《こわば》らせていたので、緊張をほぐすために濱地は子供向けの笑み——笑顔のレパートリーは二十種類ほどある——を浮かべて「こんにちは」と迎える。か細い「こんにちは」が返ってきた。

九歳にしては発育がよい方だろう。背が高いのと癖毛は父親譲りか。強情そうな目つきも昂輔に似て、馴《な》れると大人に対してずけずけと遠慮のないことを言うのかもしれない。薄くて形のいい唇だけは母親から受け継いでいる。

「初めまして。わたしは濱地健三郎と言って、目には視えないものの研究や調査をしているんだ。ていうるんだ。昂太君だね？　三ヵ月ぐらい前から、この家の中に視えないものがいる気配を感じるそうだけれど、くわしく話してもらえるかな？　それがよくないものだったら、おじさんは消すこともできる」

「本当に？」

「本当さ。十年以上もそれを仕事にしている。——ほら」

と言って〈心霊探偵〉の肩書がある名刺を差し出した。難しい漢字ばかりで読めないだろうが、少年は人生で初めて渡されたであろう名刺に珍しそうに見入る。

「この家の中を、何かがうろついているの？」

問われて頷き、「うろうろしてる」と答える。

「それは人間？　動物みたいなもの？」

「判らないけど……人間ぐらいの大きさかな。多分」

「いつもいる?」

「うぅん。たまに」

「どこで感じるのかな?」

「最初に気がついたのは、ご飯を食べている時。ダイニングによくいる。でも、廊下とか、階段とかにいたこともある」

「そいつは歩き回っているんだね。他に何かする？」

「歩いているのかどうかもはっきりしなくて……ただ動いてるみたい。じっとしているように感じることもある」

「こっそりときみを見ているような気配は？」

「あんまり……。でも、たまに……ちょっと見てるかも」

昂輔は腕組みをしたままで、楚乃子は固唾《かたず》を呑《の》むような顔でやりとりを聞いている。

「学校やら家の外では現れないんだね。そいつが出る時間は決まっているの？」

「だから、晩ご飯を食べる時が多い。水曜日にもいた」

「昂太君たちがご飯を食べるのを、じーっと見ているのかな？」

「途中でいなくなる」

「途中って、どのへんで？」

「みんなが食べだして、少ししたぐらいで」

「ふうん」濱地は何事かを思案するポーズをとってから「気配がする時に、何か物音や声を聞いたり匂いがしたりすることはない？」

「ない」

「そいつが現われる前に、何か決まって起きることとかあるかな？　何かそいつと関係しているようなことがあれば話して」

「……特にない。ないと思う」

　僕の話を聞いて何か判った、と昴太の目が尋ねている。何も判明していないが、相手を安心させてやるために探偵はふむふむと頷いておいた。

「どこでそいつを感じたのか、場所を正確に教えてもらいたいな。まずダイニングに行こうか」

　遊びに誘う調子で促すと、昴太は素直に立った。そこで昴輔の携帯電話が鳴りだし、画面を一瞥《いちべつ》した彼は「ちょっと失礼します」と部屋を出ていく。ビジネス上の大事な電話らしい。

　昴太に導かれて玄関ホール左手のダイニングに足を運んでみると、天井が高くて開放感たっぷりで、こちらも応接室に負けず趣味がよい。大きな窓からは樹氷をまとった庭の木立が鑑賞できる。冬場に限らず四季折々、目を楽しませてくれそうな窓だ。

　一脚だけ座面が高い椅子があったので、そこが昴太の定位置だということが判る。

その背もたれに手を掛けて、濱地は問いかけた。

「さて、昂太君。ここに座って君が食事をしていたら、どうなったの？」

「変なのが、そのへんからこっちの方へ。ところどころで止まったりしながら」

戸口のあたりから窓へと、視えないものの軌跡を手で示す。食事中の昂太の背後を通り過ぎたことになる。その時のことを思い出したのか、少年が苦い薬でも含んだように顔をしかめたので、母親が優しく頭を撫《な》でた。

このダイニングに原因があるのかと神経を研ぎ澄ましても、濱地は何も感知できない。まだ調査を開始したばかりなのだから焦ってはいけない、と自分に言い聞かす。

ダイニングでの確認がすむと、昂太は玄関ホールに歩いていき、「あそこ」と階段の中ほどを指差した。ひと月ほど前、何もない空間に何かがいる気配が怖くて、半泣きで逃げ出したのだそうだ。

その階段で二階に上がり、西へ延びる廊下でも彼は恐ろしいものに出くわしている。やはり目には視えない何かを感じて、足がすくんでしまったのだ。するとそれは、廊下の奥へとゆっくり去っていったという。

昂太が疲れてきたようなので、「ありがとう」と礼を言って解放してやった。階下の自分の部屋へと戻っていく息子を見送ってから、楚乃子が「先生、いかがでしょうか？」と訊いてくる。

「出たり引っ込んだりする奴のようですね。調べるのに時間がかかるかもしれません」

濱地のセンサーに触れるものはないのだが、逆にそれが引っ掛かる。そのものは外界からやってきた異物である探偵を警戒して、身を潜めているようにも思えるのだ。

「お電話でも申したとおり、滞在していただくつもりです。先生さえよろしければ、ぜひそうなさってください」

館内を隈《くま》なく探査するだけで日が暮れるのは必定で、夕食をご馳走《ちそう》になれば今日はここに泊まるしかなくなる。その用意もしてきていることだし、とりあえず一泊することになりそうだ。

誰かが階段を上がってくる。縁なし眼鏡をかけた若い女で、これが間宮友奈なのだろう。暖かそうなウールの白いセーターにマキシ丈の茶色いスカート。濱地と目が合うと、二、三度せわしなく瞬《まばた》きをして頭を下げた。生真面目で神経質な印象を受ける。

濱地がくることは事前に聞いて知っていたようだ。

昴太の日頃の様子や両親には見せない素顔について訊いてみたかったのだが、濱地の思ったようにはいかなかった。

「レッスンの時間ですけれど、どうしましょうか？」

「お願いします。気分転換にちょうどよさそう」

というやりとりが交わされ、間宮は背筋を伸ばして昂太の部屋へと行ってしまった。紗衣や同居人たちからくわしい話を聞くのは後でもかまわない。

楚乃子に館内を案内してもらうことにして、まずは廊下の奥の部屋を見せてもらう。南東の角にあたるそこは、楚乃子の亡き老親の寝室だった。遺品が整理されてがらんとし、きれいにメイクされた状態のベッドが二つ並んでいる以外には、壁の飾り棚にいくつかの品々が陳列されているだけである。

ここが妖しいものの発生源ではないのか、と疑った濱地であったが、やはり感じるものがない。ないにも拘《かかわ》らず、直感という名の針が小刻みに振れていた。

飾り棚に仲よく並んだ二つの遺影を手に取ってみる。禿頭《とくとう》の夫は肉付きのいい巨漢で、皺《しわ》の寄った喉《のど》から野太い声を発していたのではないか。いかり肩で姿勢がよく、全身から活力を感じる。スーツ姿の夫に対して妻は深紫色のドレスをまとっていた。銀髪にも見えるきれいな白髪で笑顔はなく、眼光は突き刺さるほど鋭い。遺影にしては冷たい写りではあるが、娘時代の美貌《びぼう》を留《とど》めた故人のお気に入りの一枚だったのかもしれない。顔立ちはよく整い、心持ち斜めを向いているため頰のラインがきれいに出ている。

「父の将平《しょうへい》と母の磯江《いそえ》です」

楚乃子によると二人は六歳違いで、享年はどちらも六十八だった。それぞれの人柄と家庭人としてどうであったかを、濱地は世間話めかして訊いてみる。

「仕事には厳しくて家族には優しい父でした。外では獰猛《どうもう》な羆《ひぐま》、内では頼もしい森のクマさん。生まれたばかりの昴太を病床で抱き上げて、何度も頬ずりしていたのが忘れられません。ただ、女性についてはだらしなくて、母は苦労をしたはずです。外で子供を作っていたことについても、わたしが成人してから『一人ぐらいは仕方がない』とこぼしたことがあります」

「お母様は、しっかり者に見えます」

「父が亡くなった後は、財産の管理や運用をそつなくこなしていました。いや、それ以上でしょうか。家庭に押し込められた人生でしたけれど、男性に生まれていたら父に負けないやり手だったかもしれません」

「お母様よりお父様の方が幸せだった？」

「娘としてそんな比較はできませんし、するものでもないと思います」

「ごもっとも。失礼しました」

「いえ」と言ってから、楚乃子は母について語りだす。

「晩年、母は変わりました。父がいなくなってからは自分の楽しみに打ち込んだりのんびりしたりして欲しかったのに、重しが取れて活力が無駄に湧いてきたみたい。性格もきつくなったように感じました。人間って判らないものですね」

「家庭内の雰囲気も変化しましたか？」

ここには濱地の耳しかないし、楚乃子は告白モードに入りかけている。案の定、磯江と昂輔の間に不協和音が生じていたことを洩《も》らしてくれた。資産の運用について意見が対立したのが始まりで、次第に性格の食い違いが過剰に意識されるようになり、口論もたびたびあった。また、等々力紗衣のことはいいとして、杜日出夫のことを磯江は面白く思っていなかった。相談されてやむなく認めたものの、世話になったのだか何だか知らないが赤の他人を家に入れるな、と言いたかったのだろう。

「間宮友奈さんについては、どうだったんですか？」

「わたしは友奈さんが好きなので、彼女につらく当たるようなら困ってしまいましたが、幸いなことに関係は良好でした。友奈さんって生真面目で控えめな人で、言葉はよくないかもしれませんが従順なんです。母にすれば、よしよしでした。それだけではなく、生い立ちについても気に掛けていたようです。『あの子の母親には恨み言の一つもぶつけたいけれど、友奈ちゃん自身には責任がない』と。英語が堪能《たんのう》なことにも感心していました」

「英語ができる人は評価が高かったんですか？」

「帰国子女でもないのに独学で習得したことへの評価です。『語学というのは時間をかけてこつこつと努力しないと身につかない。がんばり屋さんだ』というわけです」

「友奈さんが得意なのが英語でよかった。数学だったら『勘や閃《ひらめ》きがいいだけ』ですまされたかもしれません。――昂太君はたった一人のお孫さんですから、可愛がっていらしたのでしょうね」

「それはもう。目の中に入れても痛くない、というふうでした。でも、かまいすぎると『バアバは鬱陶しい』と嫌われかねないので、干渉しすぎないように注意していました」

「そんなお母様に対する皆さんの反応がどんなものだったのか、お聞かせ願えますか？」

立ち入った質問も楚乃子は拒まない。

「母の機嫌を損ねないように、程度の差こそあれ気を遣っていらしたと思います。紗衣さんは細かいことに拘《こだわ》らない大らかさがあるのでそれほどではなかったとして、杜さんと友奈さんは……」

「お母さまの顔色を窺っていた？」

「時には、そんな素振りが」

「であれば、お宅の中には常にある種の緊張感が漂っていたのではありませんか？それが昂太君の心理状態に無意識のうちに影響を及ぼしたとも考えられる」

先ほど頭に浮かんだことをぶつけてみた。

「あの子が怖がっている目に視えないものの正体が、それということですか？　違うと思います。大人たちは息子の前ではごたごたを見せないようにしていますし、母親が決めつけるのもなんですが、昂太は周囲のことに鈍感な子です。まだ九つですし。家族以外の同居人が三人もいることについて、『世話を焼いてくれる大人がたくさんいて便利』ぐらいに受け止めているかと」

「昂太君のお母様がおっしゃるのなら、そうなのでしょう」

ずっと両手に持っていた写真立てを、濱地はそっと元に戻した。

「ここは、もうよろしいですか？　この隣が先生にお泊まりいただく部屋で、その向こうが順に杜さん、紗衣さん、友奈さんの寝室です」

彼・彼女らの部屋を無断で覗かせてもらうわけにはいかないので、階下に下りてリビングや昂輔の仕事部屋を見せてもらうことにした。これだけの広さがある館なのに、人手が足りているせいかどこもよく整頓《せいとん》されてきれいに保たれている。家具や調度については、もっぱら楚乃子の意向が反映されているのだそうだ。

「これだけは夫が選びました」

彼女は、リビングの片隅の小テーブルに置かれたガラスシェードのアンティークなランプスタンドを指す。濱地は「ほお、これは」と歩み寄った。

「エミール・ガレ風ではなく、本物のガレですね？」

錬鉄製の台の上に不透明なガラスの脚が伸び、茸《きのこ》のように開いた笠《かさ》の部分は、白い半透明のガラスに赤や緑が不規則に散らしてある。愛らしい中にどこか妖しさが漂うデザインだ。

「銀座のお店で見つけて、ひと目惚《ぼ》れしたんだそうです。美術品や骨董《こっとう》品に興味がない人なのに、これだけは輝きが違う、と言って。こんな茸みたいなランプが部屋に合っているのかしら、と疑問なんですけれど」

「合っていますとも。ご主人の審美眼を見直すべきです。立派な霧氷館のリビングにふさわしい逸品をお買いになりました。アートには無縁の探偵が言っても説得力がないのは承知していますが」

「そんなことはありません。褒められたことを夫に言ったら喜ぶでしょう。——アートに無縁どころか、先生は何にでも精通なさっていそう」

「買いかぶられると戸惑います。そんなことよりも本業に集中しなくては」

昂輔がパソコンを操作している仕事場に立ち寄ってから一階の西の端まで行くと、地下へと続く階段があった。かつての持ち主がワインの愛好家で、セラーにしていたのだ。若い頃からワイン好きだった昂輔は、地下にセラーがある館に住めるようになったことをいたく喜び、フランスの高級品に惜しみなく金を注いで、今ではすっかりワイン通を自負しているという。

下りてみると、二千本は収蔵できるだけの棚は空いたスペースだらけだったが、それでも二百から三百ばかりのボトルが冷暗な空間で眠っている。ラベルを見たらどれもフランスワインだ。濱地が聞き耳を立てるポーズを取ると、楚乃子が不安げな顔になった。

「……先生には何かおかしな物音が聞こえているんですか？」

「ああ、いえ。ここでは美酒が寝息を立てているだけです。——奥様もワインはお好きですか？」

「残念ながら、わたしはアルコールをまるで受けつけない体質なもので、葡萄《ぶどう》ジュースばかりです」

「体質であれば仕方がありません」

「夫は、『ワインを味わえない人間は、人生で損をしている』と」

「異論を唱えたいですね。人生の楽しみは無数にあります。無数から一を引いても、依然として無数です」

「わたしもそう思います」

ここで楚乃子は、初めて親しみのこもった笑みを浮かべた。

地下のワインセラーも含めて霧氷館を隅から隅まで見て回り、一人で雪が降る庭に出て周辺も調べた濱地だが、日が暮れても得るものはなかった。

夕食は全員がテーブルを囲んで、必ず七時半からという桐山将平が決めた日課はずっと守られていた。今宵《こよい》の調理を担当したのは杜で、等々力紗衣と間宮友奈ができ上がったものを食卓に運ぶ。濱地は窓を背にした席に着き、彼女らのきびきびとした動きを見ていた。やはり同居人たちが使用人に見えてしまう。

「先生、どんな様子でしょうか？」

傍らの昂輔から問われるままに、探偵は調査状況を話す。まだ何の成果もないと聞いた主《あるじ》は、「じっくりと調べてください」と低い声で言ったきり黙った。その向こうでは楚乃子と昂太が小声で話している。今日の英語のレッスンで何を習ったのか、という内容のようだ。

ローストビーフの皿が出てきて準備が整い、杜らも席に着いたところで昂輔は、濱地に滞在してもらうことを一同に伝えた。文字に起こせば普通の言葉でしゃべっているのだが、声の響きは高圧的で、粗相がないようにふるまって濱地に協力を求められたらちゃんとせよ、と命じているようでもある。しかも、それがけっこう長いのだ。いつも食事の前に昂輔が訓示を垂れているのではないか、と思ってしまう。

膝《ひざ》に手を置いて話が終わるのを待っていた濱地の目に、あるものが映った。いつの間に入ってきたのか、ドアの前に――何か立っている。

生者ではない。

桐山磯江だった。

深紫色のドレスの上に桔梗《ききよう》をあしらった花柄のガウンをまとい、首まわりには真珠のネックレス。春であればその恰好のまま外出できそうだが、足元に目をやれば室内用のスリッパ履きだ。硬い表情の視線をたどると、その先にあるのは濱地の隣の昂輔らしい。

本来はここに立つはずがない死せる者は、簡単には説明できない複雑な表情をしていた。不満、苛立《いらだ》ち、怒りを基調として、そこに嘲《あざけ》りや憐《あわ》れみが混じり、暗い快感を楽しむかのごとき喜びの色も微かに加わっている。

霧氷館を徘徊《はいかい》する〈視えないもの〉が、不意に姿を現わした。隠れん坊はもう終わり、ということなのか？　あの顔を作っているのはいかなる感情なのか？　濱地には測りかねる。

ちらりと昂太を窺うと、わずかに表情を曇らせており、つい先ほどまでとは様子が違っていた。その変化で、少年を悩ませていたものは磯江の霊であったことが明らかになった。

「それで兄さん、濱地先生はいつまでここに？」

紗衣が尋ね、昂輔は「必要に応じて。ひょっとすると数日になるかもしれない」と答える。

「その間、車を出す御用があれば僕に申しつけてください。ご不便はおかけしません」

杜が言うのに「ありがとうございます」と応《こた》えながら、濱地はドアの前をさりげなく見ていた。

ゆらりと上体を揺すってから、磯江の亡霊が動きだす。すり足でテーブルに近づき、時計回りに各人の後ろを歩き始めた。

「どうかなさいましたか？」

斜め左から間宮友奈の声が飛んできた。濱地は澄ました顔を作る。

「いいえ、何も。少しぼやっとしていただけです」

「あなたの話が長いからですよ」楚乃子が夫に言った。「そのへんにしないとお料理が冷めてしまいますよ」

磯江は昂太の後ろまでくると、伸び上がるようにして孫の顔を真上から覗き込む。昂太は傍らの母親の二の腕にすがりついて、「また、いる」と顫《ふる》える声で言った。

「どこに？」

昂輔が尋ねた途端に、磯江はすっと身を引いて、しずしずとドアの方へと退いていく。昂太は母親から離れて、「……判らない」と答えた。「いたような気がしたけど、違うかも」とも。

「今日は特に神経が過敏になっているのかもしれないわ。悩み事について先生に色々とお話ししたせいもあって」

楚乃子が言うのに、「そうかもしれないな」と夫は応える。

磯江が気配を消そうと努めていることを、濱地は感じた。昂太の顔を覗き込む直前、それまでとは違って柔和な表情になっていたのを見た。されば、孫を怯えさせることは彼女の本意ではないのだ。

では、館内をさまようのは孫を眺めたいからだとして、何故しばしば食事の場に現われるのか？　濱地は大急ぎで状況を整理し、答えを探す。

そんなことを知らない昂輔は、厳《いか》めしかった表情を緩めて卓上のワインのボトルに手を伸ばす。

「昂太も落ち着いたみたいなので、食事にしましょう。大したものはありませんが、ワインは上物をご用意しています。先生のお口に合えばいいのですが」

「ムートンですね」

濱地がラベルから銘柄を言い当てたことで、昂輔は機嫌をよくする。いいワインを飲ませるのにふさわしい客であると認定したのだろう。

「はい。シャトー・ムートン・ロートシルトの赤。ソムリエぶりますが、今日の料理にはこれが一番合うでしょう。一九六五年ものですから、ここにいる誰よりも年齢が上です。まさか濱地先生、『こう見えて、わたしはもっと年上だ』なんてことはありませんね？　はは、すみません、つまらない冗談を」

昂輔はソムリエナイフを取るとキャップシールをすべて剝《は》がしてから、いかにも慣れた手つきでスクリューをコルクにねじ込んでいく。目をつぶっていてもできそうに思えるほど一連の動作がスムーズだった。

その手さばきに感心するふうを装いながら、濱地は三方に向けて忙しく視線をやり、事態の観察に集中していた。昂太は平静を取り戻してはいるが、まだ完全には動揺から脱していない。磯江は首を前方に突き出し、形容しがたい顔を昂輔に向けている。そして、間宮友奈は濱地の横顔を見つめているようだった。

昂輔は、客人ではなく自分のグラスにワインを注ぐ。お客がいる今夜だから形式張るのではなく、欠かさず彼がテイスティングをするのだと言う。

磯江の口元に邪悪な笑み。

剝がされたシールには、細い針を刺した跡らしき小さな孔《あな》。

それらの意味を摑《つか》むなり、濱地はよく通る声を放った。

「大変失礼なのですが」

恐縮の意を伝えながらも、威厳のある声に昂輔の手が止まる。

「わたしにテイスティングをさせていただけないでしょうか？　本来ならばホストがなさること。非礼は重々承知の上でのお願いです」

「いや、それは……」

昂輔は不審がったが、拒絶することはせず、「先生がそうおっしゃるのならば」と役目を譲った。ボトルを受け取った濱地は、それを目の高さに掲げてラベルを見るふりをして、もったいぶる。どうかしたのか、と一座の注目が集まったところで、厳かに告げた。

「この館に霊気を生じせしめ、感受性豊かな昂太君の精神によからぬ影響を与えていたのは、このワインです。どんな来歴があるのかまでは見抜けませんが、こんなものは処分しなくては。放置しておくと、やがては大人の皆さんの心も蝕《むしば》むようになりますよ」

素早く磯江を見ると、そのものは眦《まなじり》が裂けんばかりに刮目《かつもく》し、愕然《がくぜん》としている。歯茎を剝《む》き出しにしているのは瞋恚《しんい》の表われか。しかし、その表情はわずかの間に崩れゆき、諦《あきら》めと悲しみがせり上がってくる。

――去れ。退散しろ。あんたは結末を見届けた。

念じていると杜が頓狂な声を上げたので、そちらに視線を移さなくてはならない。

「幽霊が棲《す》みついているのかと思ったら、呪われたワインですか？　そんなものが原因だなんて信じられませんね。先生は大真面目な顔で、まさか冗談を……そんなことは、ありませんね」

濱地の険しい目に気圧《けお》されたのだろう、杜の言葉は煙のように消え入った。次に紗衣が疑わしげに言う。

「そのワインは、もう何年も地下のセラーにあったはずです。どうして最近になって悪さをするようになったんですか？」

「珍しいことでもない。邪気が目覚めたんですよ。そして、館の中に少しずつ浸透していった。広がり方にはムラがあり、このダイニングが最も濃度が高い。だから、昂太君はしばしばここで不安に襲われたのです」

「さっきセラーに下りた時には、先生は何も感じなかったんですか？」

遠慮がちに楚乃子が訊いてきた。痛いところを突かれてしまったが、ここが正念場と心得た探偵はあくまでも堂々と答える。

「見当はついていたのですが、確信を持つには至らなかったので慎重にふるまったのですよ。もう疑いの余地はありません」

友奈がボトルを指差す。

「それを、どうなさるおつもりですか？」

「廃棄すれば今後の憂いはなくなります。もしお許しいただけるのでしたら、後学のために持ち帰って研究してみたいのですが。――いかがでしょうか？」

問われた昴輔は、「それは……」と口ごもる。

「高級ワインを進呈しろ、と言うのに等しいお願いですから、ためらわれるのも無理はありませんね。では、こういうのはどうでしょうか。昴太君の身に起きていた問題が解決したことをお確かめいただいた時点で、わたしの仕事が完了したとお認めいただき、報酬としてこのワインを頂戴《ちょうだい》する。金銭に換算すると無茶な提案ではないかと」

家族や居候たちの前でみっともなく逡巡《しゅんじゅん》するのは、昴輔が好むところではなかった。

「むしろ安くすみます。これを報酬の代わりにお譲りするのはやぶさかではありませんが……先生にとって損なのでは？　問題の原因がそのワインだとすれば、どうせ手放さなくてはならないものです。それを『はい、どうぞ』とお渡しして先生の報酬に換えるというのは、こちらにとって虫がよすぎる」

「わたしの方からご提案しているのですから、よいではありませんか。いや、提案ではなくお願いでした。ぜひ」

もやもやとした雰囲気が場を支配する中、先ほどとは打って変わった昴太の明るい声がした。

「ねえ、食べてもいいの？　お腹、ぺこぺこになってきた」

「もう大丈夫なの？」と訊く母親に、大きく頷く。

「うん。なんか、すっきりした」

　この部屋から亡霊の姿がなくなっていることに濱地は気づいていた。ほっと小さく吐息をついて、ワインのボトルにコルクの栓をする。

「昂太君、顔の血色がよくなったんじゃないか？」

「ほんと。久しぶりだわ」

　杜と紗衣が言うのに、昂輔も同調して喜ぶ。

「先生がおっしゃるとおりのようです。やはり、そのワインが元凶だったのか」

「おかしなワインは他にはないようなので、その点はご安心ください。念のためにセラーにあるボトルをすべて調べておきますが」

　いっぺんに和やかな空気が満ち、ようやく食事が始まる。ただ一人、友奈だけが言葉を失ったままナイフとフォークも取らず、放心したようになっている。

「幕が下りましたよ、間宮さん」

　濱地が穏やかに声をかけると、彼女は「はい」とかろうじて答えたが、なお焦点の合わない目をしていた。事態がよく呑み込めず、自分も解放されたことが信じられないのかもしれない。

　緊張を解いた探偵は、背後の窓を振り返ってみる。木立の輪郭もなくなった暗い庭に、まだしきりに雪が降っていた。

語り終えた濱地はカップに残ったコーヒーを飲み干し、呼吸するのも忘れて聴き入っていた志摩ユリエと進藤叡二は、揃って「ほお」と息を吐いた。探偵事務所の窓の外ではまだ日が高く、秋の光は柔らかい。

「つまり……」ユリエがボスに尋ねる。「ワインが呪われていたなんてことはなくて、亡くなったお義母さんが毒か何かを入れていたんですね？　それを見破ったから先生は、昂輔さんがテイスティングをするのを止めた」

「さすがに志摩君は察しがいいね。うん、そういうことだ。持ち帰ったボトルの中身を信頼できる人に調べてもらったところ、何十人も殺せるだけの青酸化合物が検出された。桐山磯江がどうやって毒物を入手したのかは不明だけれど」

ユリエと並んでソファに掛けた叡二が、補足説明を求める。

「僕にはよく判らないんですけれどね。えーと、それは磯江という人が、自分の娘や孫を含めた一家皆殺しを狙ったということですか？」

一つ年下の恋人が的はずれなことを口にするなり、ユリエは慌てて打ち消す。

「そんな無茶苦茶なことをするわけがないじゃない。そもそも娘の楚乃子さんはアルコールがまるで飲めなかったし、九歳の孫が乾杯に参加するはずもないでしょ。磯江さんの目的は、大嫌いだった婿を即効性の毒物で殺すこと。どんな時でも昂輔さんが一杯目を試飲するんだから、他の人が毒入りワインを飲むことはない。——ですね、先生？」

ボスはカップを受け皿にそっと置く。

「そういうこと。三人の同居人はもとより、わたしのようなお客が巻き添えを食うこともなく、目的の人物だけを殺害できると考えてワインに毒を仕込んでおいたわけだ。細工をした時期は、死期が迫っていると感じた頃だろうね。自分の亡き後、いずれ昂輔が毒で死ぬように画策した。どうしてそこまで彼を憎んだのかを当人に訊く機会はなくなったけれど、妄執や狂気の領域に足を踏み入れていたのだと思いたい」

死の床で、磯江は邪悪な仕掛けが発動する時のことを想像して、心の慰めとしていたということか。そのせいで死後も亡霊となって霧氷館をさまよい、決定的瞬間に立ち会おうとした。——ユリエは、悪意のおぞましさに慄然《りつぜん》とする。

「毒入りワインは、セラーの棚で自分の出番をじっと待っていた。わたしが訪ねた日の夕食の席で供されることになり、食卓に運ばれてきたのは奇《く》しき巡り合わせではあるけれど、誰の作為も介入していないから偶然だ。そういうこともある」

「いい意味で、ロシアン・ルーレットで当たりを引いたわけですね。さすが先生」

「おかしな褒められ方だね」

「でも、キャップシールで封がされたボトルに、よく毒物が入れられましたね」

「驚くほど器用に針を使って注入したんだな。シールにできた孔は汚れでカムフラージュしてあった」

探偵と助手のやりとりに置いていかれそうになった叡二は、手を挙げてから質問する。

「ぼくだけ判っていないようなので教えてください。濱地先生は夕食の席で、ドアの前の亡霊や昴太君とともに間宮友奈さんの様子を観察なさっていましたね。亡霊がいなくなった後では、『幕が下りましたよ』なんて声を彼女にかけている。それにはどんな意味があったんですか？」

「そこ、実はわたしも判ってない」とユリエ。

「どうやらわたしの話がまずかったようだから、説明しよう。その前に志摩君――」

コーヒーのお代わりを所望だと察したユリエは言われる前に立ち上がり、自分と叡二の分も注いだ。

「ドアの前に現われた磯江の亡霊を観察している時、友奈に『どうかなさいましたか？』と問われたけれど、わたしは可能な限りさりげなく視線をやっていたんだ。なのに彼女はわたしの微妙な目の配りに気づき、違和感を覚えたらしい。敏感すぎる反応だった。もしかしたら、友奈にも亡霊が視えているのではないか。だから、わたしに亡霊が視えていることに勘づいたのでは、と推測した。それどころか、亡霊がワインにただならぬ興味を抱いていることから、毒入りワインのことも看破していながら、悲劇の発生を待っていたのかもしれない」

「えっ、どうして毒入りと知りながら……？」

「霧氷館の小さな暴君である昂輔に、肩身が狭い居候として恨みがあったのだろうね。同情すべき事情があったのか、愚劣な逆恨みだったのかは判らないけれど」

結局、探偵は真相を依頼人に伝えず、呪いのワインなどという珍妙な作り話で糊塗《こと》している。毒入りワインが処分され、亡霊も姿を消したとなれば、あったがままを明らかにして家庭内に無用の波風を立てずともよい、という判断だ。それでよかった、とユリエは思う。

「さて、進藤さん。創作のご参考になりそうですか？　志摩君に頼まれて、つまらない長話をしてしまいました。彼女がうちの事務所にきてくれる前の事案から一つ選んだのですが」

さる案件で濱地と叡二が面識を得たのを好機と捉《とら》え、ユリエがあらためて二人を引き合わせたのだ。ライターをしながら漫画原作者を目指している彼氏にとって、有益であればよかったのだが。

「そのまま漫画の原作にするのは差し障りがありそうですけど、とても興味深いお話が伺えました。ありがとうございます」

叡二の言葉にほっとしていると、ボスは小さく手を振る。

「なあに。今日の午後はずっと暇だったので、礼など無用。ご退屈さまでした」

腰が疲れたのか、濱地は立ち上がって伸びをした。それから窓際の机に寄って、ご自慢のランプスタンドのガラスシェードをウェットティッシュで拭《ぬぐ》う。これこそ、しかるべき謝礼をしなくては気がすまなかった桐山昂輔から贈られたものだったのだ。

「本当によいものをいただいた。霧氷館のリビングにあった方が似合っていたかもしれないんだけれどね」

そう言いながら、濱地は手を止めなかった。

不安な寄り道

特急列車が停まるのが不思議なぐらいの小さな駅だった。改札口の向こうを覗《のぞ》いてみたら、駅前は閑散としていて商店が数軒あるだけ。どこまでも低い家並みが、そのまま海まで続いているようだった。

ただでさえ本数の少ない海沿いの本線から、ここで山襞《やまひだ》に分け入る支線に乗り換える。リュックを背負った大学生らしい男二人が、向かいのホームに入線しているディーゼルカーを見て「あれか？　へえ、一両だけなんだ。ローカル線だねぇ」と大袈裟《おおげさ》に面白がっていたが、本線そのものがすでにローカル線の風情を醸《かも》していた。

都会育ちの志摩ユリエも、つい最近までこんな列車とはあまり馴染《なじ》みがなかった。乗る機会ができたのは、心霊探偵・濱地健三郎の事務所で働くようになり、ボスの地方への出張調査に同行するようになってからだ。

「先に帰ってもよかったんだよ。新幹線が停まる駅に出たら、十一時ぐらいには東京駅に着くだろう。わたしと一緒に動くと、今夜はどこでどんな安宿に泊まるか判らない」

探偵は、今日中に家に帰る最後のチャンスを与えたつもりらしいが、ユリエは翻意しない。

「たとえば、あんなところですか？」

改札口の外に、〈旅館〉という看板が見えていた。おそらく民宿程度のものだろう。

「ここまで戻ってこられたら、本当にあそこが今夜の宿かもしれない。だけど、山の中で最終列車に乗りそこねようものなら、もっと貧相なところで一泊するしかなくなる。温水便座がついていないどころか水洗式でもないトイレなんて、きみは慣れていないだろう」

「生粋《きっすい》の庶民の子をお嬢様みたいに扱わないでください。そういう伝統的なトイレに慣れてはいませんけれど、わたしは世界で一番タフな探偵の助手なんですから。それに、先生のそばにいたら何かお役に立てるかもしれません」

「世界で一番タフな探偵？　わたしが？　すごい異名を授かったね」

風が吹き抜けたが、オールバックに撫《な》でつけた濱地の髪は少しも乱れない。

「だって先生は、現実の凶悪な犯罪者を追うことがあるだけじゃなくて、呪いや祟《たた》りの相手もするじゃないですか。どんな時も目の前で何が起きても冷静沈着。タフの中のタフです」

「そんな頼りがいのある男に見られたら、どんなピンチになってもきみを捨てて逃げられないな」

「先生がわたしを捨てて逃げるなんて考えられません。その逆は……あるかもしれませんよ。わたしは未熟者ですから」

濱地は構内の時計で時間を見てから、もう一度だけユリエの意思を確かめ、返事が変わらないと知るや「行こう」と跨線橋《こせん》を目指す。乗り換える列車の発車時刻が近づいてきていたのだ。
五、六人だけの乗客を積み込んでディーゼルカーは動きだす。濱地とユリエは、後部寄りのボックス席に向かい合って座った。発車してすぐに列車は左に頭を振り、杉の若い植林の中へと突入していく。早くも上り勾配《こうばい》らしく、エンジンが唸《うな》っていた。
「『お役に立てるかもしれません』と言ってくれたけれど、何も用はないと思うよ。三年ほど前に手掛けた案件を思い出して、その後どうなっているか見に行きたくなっただけなんだから。気紛れな寄り道だよ」

両膝《ひざ》に手を置き、背筋を伸ばしたまま濱地は言う。

「お独りで想い出にひたるお邪魔をしてしまいましたか？」

「いやいや、邪魔ではない。ただ、ついてきても面白いことはないだろう。ほんの寄り道なんだから」

三年ほど前に扱ったのがどんな案件だったのかを尋ねてみる。

「集落のはずれで怪異なことが起きるというので、原因を調べて取り除いただけだよ。大して難しい仕事でもなかったのに、どうして見に行くのか怪訝《けげん》に思っているのかな？　たまたま別件で近くまできたついで、という以上の理由はないね。ここらにくる機会はめったにないだろう。もしかしたら二度とこないかもしれない」

さる依頼を受けて、海辺の旧家の蔵に出没するものを鎮めてきたところだ。昨日のうちに事態は収束し、今日の午後まで事後処理に費やした。

昨日はフォーマルな感じも残した活動的なパンツルックだったが、今日は襟の広いジャケットにマーメイドスカート、足元はベルトパンプス。濱地は、その恰好《かっこう》でキャリーバッグを引きながら山間《やまあい》の集落に行くのはどうかと思ったようだが、山道を歩くわけではなさそうなので、ユリエは意に介さなかった。

「たまたま近くにきたとか寄り道とか言っても、列車を乗り継いで二時間近くかかるのに。先生はそういう機会を大事になさるんですね」

「何かにつけ、これが最後かもしれない、と思う質《たち》ではある。きみは若いから実感がないだろうけれど」

「実際のところ、先生はおいくつなんですか？」

ずっと気になっていたことを、思い切って口にしてみた。旅先でローカル列車に揺られている非日常感に背中を押されたのだ。今ならば教えてくれるのでは、という期待はあっさり裏切られる。

「わたしが何歳かはプライバシーで、きみの職務に関係がない。三十から五十の間とだけ答えておこう」

「そんなの答えになっていません。多分、真ん中の四十歳から前後五つなんだろうけど……。先生って、外見からしてミステリーですよね」

「ミステリーといえば、きみは最近、ミステリーばかり読んでいると言っていたね。わたしに気兼ねせず本でも読んでいなさい。目的地に着くまでまだ一時間はかかる」

「読みかけの文庫本が面白くないんです。先生とお話ししている方が楽しい」

「冗談も言わない男を相手にしゃべっても楽しくはないだろう。きみは変わっている」

「はい。普通とはちょっと違うと思います。先生の影響もあって、心霊現象が視《み》えるようになったぐらいだし」

「悪いことをした」

どこまで深刻に考えているのかは定かでないが、濱地の表情が硬くなった。ユリエは迷惑など微塵《みじん》も感じていない。

「新しい能力を開発していただいたと思っています。視る力が強まっていったら、もっと先生のお手伝いができるようになるのはいいとして……怖いなとも思います。世界全体の見え方が違ってくるわけですから。わたしの能力はまだ弱いけれど、それでもだいぶ変化しました」

風変わりな名前の駅に停車して、何人か乗客が入れ替わる。

「どんなふうに？」

「死んだ人の想いがこの世に残って、力を持つことがあるのを知ってしまったんですから、世界観が変化しないわけがありません。以前にわたしが知っていた世界が平屋だとすると、今は二階建てです。ん？　なんか違うな。なんというか、自分を包んでいる時間や空間が前よりも広く、深く感じられるようになりました。慣れ親しんできた現実の世界は視えない世界と重なっているんだなぁ、と。融け合っている、かな？」

「それはきみにとって愉快なことなんだろうか？」

「愉快でもありますけれど、とても不思議な感じ。中学校の理科の時間に、原子について習った時に似ています」

「たとえが唐突すぎるよ」

「ご説明します」

中学の授業で習うのは物理として初歩の初歩だ。物質の最小の単位は原子で、それは原子核と電子からなっている。そして、陽子の数によって原子は種類が異なり、結合の仕方によって様々な物質になる、といった程度のことなのだが。

「原子核と電子の間は真空で、すかすかなんですよね。えーと、原子核がピンポン玉だとしたら、電子は一キロも先にあるぐらい離れていて——」

もたもたした話を濱地は黙って辛抱強く聞き、真摯《しんし》にコメントしてくれる。

「きみの新鮮な驚きもよく判るけれど、わたしは逆だったね。むしろ、様々な種類の物質が存在し、様々に変化するわけが理解できて、胸のつかえが下りた。般若心経にある色即是空、空即是色という言葉の意味が実感を伴って迫ってきたよ。すべてのものに実体はなく、原子がくっついたり離れたりして生まれる無数の現象があるだけ。顕微鏡もない古代に、直観だけで真理を見抜いた仏教というのは偉大だと思うよ」

「すべては現象……ですか」

「それ以外に何がある？　中学生だったきみは、そのことに気づいて驚き、動揺したわけだ」

濱地の共感を得られたらしい。ユリエは、自分を襲った奇妙な感覚について口早に吐き出す。

「とにかく、すかすかな原子が集まって物質ができている、というのが信じられませんでした。鉄や石が実はすかすかだなんて信じられなかったし、もっと不思議だったのは犬や猫や人間も、自分もすかすかだということです。今でも科学に騙《だま》されているみたいな気がしていますけれど……そうなんですよね？」

「そうらしいね」

短く相槌《あいづち》を打っただけで、ボスはユリエに自由にしゃべらせる。

「何もかも本当はすかすか。世界は見たままでもないし、触ったままでもない。そう思ったら自分の感覚が信用できなくなって、授業を受けながらじっとしていられなくなりました。心がざわざわと騒いで、どうしていいか判らない感じ。……って、理解できませんよね」

「いや、想像すれば同じ経験はなくても理解できるよ。多感な年頃だから、よけいに世界がゆらいで見えるようになったんだろう」

「それから十年も経って、多感な少女じゃなくなったところで、先生に出会ってまた世界が変わった。心が波打って、ざわざわしています」

濱地が何か答えようとする前に続ける。

「落ち着かないけれど、決して嫌な感覚ではありません。計り知れない時間や空間の中で生きているんだなぁ、と感じています」

「きみは、まだまだ多感なようだ」

「子供時代から特別な能力があった先生にとっては、とっくに当たり前のことになっているんですね。ある意味、わたしの方が経験豊富かも。生まれつき二階建ての世界に住んでいる先生と違って、平屋の世界も知っているわけだから」

「そうかもしれない」

彼はそう言ってから、車窓に目をやる。雨粒が点々とガラスにぶつかり始めていた。山間部はところによって雨、という天気予報を昨夜のテレビで観たのを思い出す。

「持ちこたえてくれなかったね。駅から少し歩くので雨はありがたくない」

リュックの二人連れの声が聞こえてきた。

「降ってきやがった。宿に着くまでもって欲しかったのに」

「小雨だろ。すぐやむんじゃないか？　やまなかったとしても、雨の中で露天風呂《ぶろ》に浸かるのもオツなもんだぞ」

聞いたことのない温泉の看板がある駅で二人は降り、ユリエたちがいる席の車窓を横切って消えて行った。

「これから行くところには温泉はないんですか？」

山奥の粗末な宿に泊まることになっても、秘湯があれば話のタネになる。

「あいにく、そんな結構なものはない。何もない過疎の集落で、お寺も維持できなくなったところだよ」

そこで三年前にどんなことがあったのか、説明が面倒なのか濱地は積極的に語ろうとしない。現地で様子を見た帰りに訊《き》けばいいか、とユリエは考えていた。

誰かが通路をこちらにやってくる足音がする。先ほどの駅で乗り込んできた客が、どの席に座ろうか迷っているようだ。空席だらけなのに、じたじたと湿った足音はなおも近づいてくる。

「あの……」

頭上で声がしたので首を捻《ひね》って見上げると、七十前ぐらいの男が立っていた。その視線の先にあるのは濱地だ。

「失礼ですが、濱地健三郎先生ではありませんか？」

濱地の「はい、そうです」が車内に響く。今この車内には、他に二、三人の客しか乗っていないだろう。

「あの時、お世話になった柘植《つげ》です。お忘れですか？」

「もちろん覚えています。その節は、こちらこそ――」

どういう人物なのか、それだけで見当がついた。偶然にも、三年前の案件の依頼人だか関係者だかに出くわしたようだ。

「またお目にかかれるとは驚きました。先生、どうしてこちらに？」

「近くまできたもので、ご当地の様子を見に行こうとしているんです」

「そうですか。これはまた都合がいい」

挨拶《あいさつ》だけで終わりそうもないので、ユリエは素早く立って濱地の隣に移動し、「どうぞ」と男に席を勧めた。

「あ、どうも。ありがとうございます」

男は、低頭しながら腰を下ろす。ユリエは正面から相手を観察できるようになった。下駄のようなと言われそうな四角い顔をした男で、鑿《のみ》で彫ったがごとく額の皺《しわ》が深い。濱地の前で緊張しているのか、気弱な印象を受けた。両手は厚くて、節くれだった太い指をしている。テラコッタ色の地味なブルゾンを羽織り、よれよれのズボンの裾《すそ》を長靴にたくし込んでいた。どこで何をしてきた帰りなのか手ぶらで、傘も提げていない。

「こんな偶然があるとは。わたし、濱地先生にご連絡を取ろうかどうしようか悩んでおったところなんです」

おっ、とユリエは身を乗り出したくなった。濱地は「その後どうなったか見に行きたくなっただけ」と言っていたが、それは事実ではなく、わけあって何かよからぬことが起きていないか懸念していたのかもしれない。ならば、そこへ向かう車中で相談事を抱えた男と出会ったのは偶然ではあるが、驚くほど奇遇でもない。

「また様子がおかしいんです」

雨で窓外が暗くなったせいもあってか、男の表情が陰鬱《いんうつ》に映る。どんな事態が起きたのか、濱地にはその言葉だけで充分だったらしい。

「そのようですね。遠慮がちに話すあなたを見ただけで判りました」

男はユリエの方を見て、目が合うと小さく会釈した。自分から自己紹介するのがよさそうだ。

「わたしは、先生の助手をしている志摩ユリエと申します」

「ああ、そうですか。三年前には先生は一人でお仕事をしていたので、助手の方とは思いませんでした」

男は柘植吉弘《よしひろ》と名乗り、「よろしくお願いします」と付け添えた。

「様子がおかしいということですが、以前と同じようなことが？」

自分なら勢い込む場面だが、濱地はいつもどおり従容《しょうよう》としている。学校で習ったきり使ったことがない明鏡止水という四文字熟語を不意に思い出した。

「はい。先生は『もうこれで大丈夫でしょう』とおっしゃいましたけれど、まだ何か残っているみたいです」

「いけませんね。それはいけない」

柘植の言うとおりならば仕事が不首尾だったわけだが、濱地は他人事《ひとごと》のように「いけないな」と繰り返すだけで、弁解や弁明をする素振りはない。

「しかるべき報酬をいただきながら、こんなことになっていたとは。ご当地を再訪したくなったのは虫が知らせたのかもしれません」

「先生が素晴らしい虫を飼っているから、足がこっちに向いたんでしょう。ありがたいことです」

降りが激しくなってきた。窓を閉めていても、山の木々を打つ雨音が弱々しく聞こえてくるようだ。風に煽《あお》られた雨は大きくゆらぎ、山峡を行くディーゼルカーの車体をゆったりとしたリズムで叩《たた》いている。

――ザーザーと寄せては返して、まるで潮騒《しおさい》みたい。

心に波が立ち始めた。世界の計り知れなさについて濱地に話したせいもあるだろうが、たかが雨音が気持ちを揺さぶった。

「あ……あっ」

無意識のうちに声を洩《も》らしていたことに気づき、慌てて唇を結ぶ。雨音に同調してしまうと現実から遊離してしまいそうだ。

「村の人たちの間で、騒ぎになりかけているというようなことは？」

濱地の問いに、柘植は首を振った。

「まだそういうことにはなっていませんけど、放っておいたら早晩そういうことになるでしょう。ですから、今のうちに鎮めていただきたいと……」

「承知しました。やりましょう」と探偵は請け合う。

「ありがとうございます。先生にお引き受けいただいたら心強い限りです」

三年前の措置が不完全だったから怪異が再来しているのかもしれないのに、栢植は濱地を拝まんばかりだ。

――大した仕事ではなかったように先生は言っていたけれど、これは大変なことかもしれない。

ユリエは思う。よほどひどい事態をいったん鎮めるだけでも並大抵のことではなかったから、これほどの感謝を栢植は示しているのだろう。大仕事になる覚悟をしておくのがよさそうだ。

「では、この件の依頼者は栢植さんということでよろしいですか？」

「はい、かまいません」

依頼人が確定したところで報酬の相談に移るのかと思ったら、そうはならない。前回の例に倣うということなのか、無料のアフターサービスということなのか、ユリエには判断しかねた。二人の間に阿吽《あうん》の呼吸があり、双方とも無言のまま合意に達しているのかもしれない。

会話が途切れると、雨の音を意識してしまう。目に映るものも不可視なものも、自分も含めた何もかもすべては素粒子が結合してできた実体のない現象だ、と思うと言い様のない不安が込み上げてくる。この宇宙にうつろわないものが何一つないとしたら、儚《はかな》すぎるではないか。

これまで心霊現象という言葉を口にしていたのが滑稽《こっけい》だ。おまえさんだって実体のない煙みたいなもので、わたしたち同様ただの現象じゃないか、とどこかで幽霊が嗤《わら》っていたかもしれない。

「次の駅だな」

濱地が呟《つぶや》いたところで、雨の音が絶たれる。

「はい。このトンネルを抜けて、すぐです」

柘植は、下車する準備を促した。


さして長くもないトンネルを抜けた途端に雨が小やみになったのはたまたまなのか、山を越えたことで天候に違いが出たのかは判らないが、ありがたいタイミングだ。濱地とユリエは旅行鞄《かばん》を提げてホームに降り、柘植よりも早く木造駅舎へと駆け込んだ。

無人駅なので切符は回収用の箱に投じる。

「この荷物をどうしたものかな。考えていなかった」

ロッカーなどあるはずもない駅舎内を見回して、濱地が苦い顔を見せる。何も考えていなかったのではなく、自分だけなら持ち歩くつもりだったのだろう。

柘植の家に置いてもらうのはどうか、とユリエは思ったが、依頼人は黙ったままだ。

彼の自宅は駅から遠いらしい。

「貴重品だけを身に着けて、鞄はここに置いておいても盗《と》られることはないだろうが……」

いくら田舎の駅とはいえ抵抗があった。

「先生、雨がやんできましたよ。わたしのバッグにはキャスターが付いているから引いて行くのは平気です。どれぐらい歩くんですか？」

「十五分ぐらいだったかな。あっちの山裾で、行きしなは手前にゆるい上り坂がある」

「舗装してある道でしょう？　それぐらいだったら大丈夫です。行きましょう。はい、決定」

ユリエが押し切ると、濱地は手帳を取り出して帰りの列車の時刻を確かめだした。この次の上りは約四十分後、その二時間後の19時3分発が最終列車だ。

「駅と現場を徒歩で往復する三十分も見ておかなくてはならない。二時間以内に仕事が片づけばいいが」

空が暗い。垂れ込めた雨雲のせいばかりではなく、秋の陽が落ちかけているのだ。そんな暮色にも目をくれてから濱地は手帳をポケットにしまった。

「急ごう」

駅舎を出る段になって、柘植がユリエの鞄を運ぼうとする。女性が重そうなバッグを持っているのに自分が手ぶらで歩くわけにはいかない、と思ったのだろうが、こちらだって高齢者に荷物を引かせるのは心苦しい。

「ありがとうございます。でも、わたしは体力に自信があるのでお気遣いはご無用です。これぐらいのもの、肩に担いで山道を歩いてもびくともしません」

さすがに言いすぎ、という表現で丁重に断わると、相手は「そうですかぁ」と尻上《しりあ》がりに言い、差し伸べた手を下ろした。

出発する前にしておきたいことがあった。ユリエは、濱地の了解を得た上で今夜の宿の確保にかかる。乗り換える前に見かけた駅前旅館をスマートフォンの検索で見つけ、てきぱきと予約を入れた。

――これでよし。

駅前にはろくに民家もない。三人は、濡《ぬ》れたアスファルトの道を西へと歩きだした。ユリエが引くキャリーバッグがたてるゴロゴロという音が間断なく続く。

「わたしが伺っておくべきことはありますか？」

濱地に尋ねられて、柘植は口ごもる。

「どうでしょう。とにかく見てください、としか……」

「ああ、聞かなくてもかまいません。およその見当はついている」

「さすがは先生です」

濱地は三年前によほどのことをして、柘植の信頼を摑《つか》んでいるらしい。それにしては、その時の話がまったく出ないのが奇異に思えるのだが。

だらだらと上る道を歩きながら腕時計を見ると、もう駅を出てから十五分が経過している。前方は道が左にカーブしていて見通しがきかない。まだですか、と濱地に訊くのを我慢していたら、道を曲がりきった先に古ぼけた寺があった。すっかり陽が翳《かげ》ったせいでよく見えないが、屋根で揺れているのは雑草の影らしい。維持できなくなった寺というのは、これか。

「いつからこうなんですか?」

ユリエは、一歩前を進んでいる柘植に訊いた。

「七年前にご住職が亡くなりまして……」

「跡を継ぐ人がいなかった、ということですか?」

「はい。奥様も立て続けに亡くなって、代わりのご住職もこずに、そのまま……」

柘植の口が重いのは言いにくい事情があるからなのか、言葉数が少ないタイプなのか、いずれとも知れない。濱地からの補足説明もないので、予備知識がないまま怪異と遭遇するのはユリエにとってうれしくなかった。

並んで歩いていた濱地が、ポケットから紙切れを出して差し出す。黙って受け取り、折り畳まれているそれを開くと、走り書きのメモだった。

〈何があっても驚かず、つまらなそうに眺めていること。それがきみの任務。〉

はあ？　と出そうになった声を呑《の》み込んでボスを見ると、判ったね、と目顔で言う。合点がいかぬまま頷《うなず》いた。

時刻表の前で素早く書いたものらしい。口頭で伝えようとしないのは、柘植に聞かれたくないからだ。いったいどういうことだろうか、と考えながら前を歩く男の背中を見ても、そこに答えが書かれているはずもない。

やがて坂道が尽き、三人は寺の境内へと入って行った。本堂と庫裏《くり》の前まではFの字形に石畳が敷かれているが、それをはずれた土の地面にはあちらこちらに水溜《たま》りができている。キャリーバッグを引いて進むと、キャスターが石の隙間に何度も引っ掛かって歩きにくい。

雨戸が半開きになった本堂の正面まできたところで、ユリエは尋ねる。

「上がって、中に入りますか？」

濱地の返事よりも先に、堂宇にぽっと明かりが灯《とも》り、障子戸越しに光が射した。まるで彼女らを出迎えるために灯ったようだ。そして、人の手が触れないのに雨戸がゆっくりと左右に開いていく。

動揺せずにはいられない場面だが、ユリエは命じられたとおり平静を装う。それしきは難しくなかったが、この次の瞬間に何が起きるのか、と思って緊張した。驚かないために心の準備をすることは可能だが、それにもおのずと限度がある。

――血みどろの生首が飛んでくるとか、青火が屋根の上に浮かぶとか、具体的に教えてくれたらいいのに。

濱地がそうしなかったところからすると、どんなことでも起き得るということか？　だとしたら始末が悪い。

――何を見ても幻覚だと思えばいいんだ。よくできた映画、いえ、下手なホラー映画だと思って、つまらなそうに眺める。

本堂に灯った明かりが、心拍に似たリズムで小さく明滅する。はあはあ、という息遣いが聞こえてくるようだ。

明かりの色は次第に赤くなっていく。そして、袈裟をまとった人の影が、瞬《まばた》きをした間にぱっと浮かんだ。続いて、粗末な寺には不似合いに立派な天蓋《てんがい》の影が現われる。

――参ったな。よくできてるじゃない。

柘植は瞠目《どうもく》して立ち尽くしているが、濱地はたじろがず涼しい目でそれを見つめている。ユリエはボスの表情に倣った。

袈裟を着た影は亡き住職のものか？　それは上体をゆらゆらさせながら堂内を歩き回りだした。光源の位置のせいなのか、近づくと障子いっぱいに影が伸び上がり、遠ざかるとみるみる縮む。

これしきの影絵ぐらいなら恐れることはない。現実離れした光景ではあるが、映画のスタッフなら容易に再現できる。

見つめていると、また影が一つ。今度は女の小柄なシルエットで、男のものと交錯しながら徘徊《はいかい》して、時に重なって一つになる。亡き妻のものなのだろう。寺が無住になり、打ち捨てられて朽ちることが無念でさまよっている。そんなふうに解釈すると判りやすいが、そういうことなのか？

濱地はと見れば、石畳に鞄を下ろし、後ろに退《さが》って本堂全体を悠然と見渡していた。特に何をしようとしているふうでもなく、事態の観察に徹しているらしい。彼はここでの怪異について三年前に知っているから、こんなに冷静でいられるのだろう。そうでなければ――困る。

障子戸の向こうでは、堂内には風もないはずなのに天蓋の影が右に左に揺れている。垂れ下がった瓔珞《ようらく》がぶつかり合って、シャラシャラと嘲笑《あざわら》うような音をたてた。木製のものも多いが、この廃寺のものは金属製なのだ。シャラシャラ、シャラシャラ。あんなところで鳴っているのに、どうしたことか耳のすぐそばで聞こえる。

全身の毛孔《けあな》が開いていくのを感じた。すべては本堂の中で起きていること。外からあやかしのショーを鑑賞しているのにも等しいが、それだけですむとは思えず、気がついたら逃れようのない状態になっているかもしれない、と思ったら身顫《みぶる》いがした。柘植の姿が見当たらない。恐れをなして逃げ出したのかと思ったら、濱地のさらに後ろで棒立ちになっていた。探偵を盾にした恰好だ。

「先生、わたしに何かできることは？」

見ているだけではおれず、指示を求めていた。

「メモに書いただろう。よけいなことはしなくていい」

苛立《いらだ》ったのか、珍しく突《つ》っ慳貪《けんどん》な答えが返ってきた。

障子の框《かまち》に、異様に長く爪を伸ばした三本の指が掛かっていた。この世のものでない何かが、外へ出たがっているのだ。後退《あとずさ》りしかけたユリエの脚がキャリーバッグに当たると、それはバランスを失ったまま石畳の上を滑り、ばたりと倒れた。

框に掛かった手は、障子戸を激しく揺さぶりだす。よほど強い想いを現世に遺《のこ》しているのか、苛立ちや怒りを表明しているのか、あるいは、三年前の濱地の措置に対する抗議なのか？

風向きは目まぐるしく変わる。梢《こずえ》の木々が不穏に騒ぐ中に、濱地の声がした。

「住職夫婦が他界した後、この寺を守ろうとしたのは寺男だ」

口調からすると、ユリエに語りかけているらしい。

「もともと住み込みで雇われていたから、寺が無住になっても行くところがない。庫裏で生活し、集落の人たちの援助を受けながら、寺が荒れないように管理していたんだが、彼も三年ほど前に病で倒れてしまい、泉下《せんか》の人となる。六十五歳だった」

ここにきてやっと濱地の解説が始まったのだ。

「おかしいことが起きだしたのは、それからだよ。誰もいないはずの本堂に明かりが灯り、その中を奇妙な影がうろつき、外へ出ようとしている。行政に相談して調査にきてもらうと何も起きない。異常なので何とかしてもらいたい、とわたしに依頼がきたわけだ。ここにきてみると――そう、こんな感じだった」

「先生は、どうなさったんですか?」

「出てこようとしている者と対話して、去ってもらった。留《とど》まるのは不自然だからよしなさい、と」

本堂の中から突風が吹き出し、ユリエの頬を打った。風はやむことなく噴出する。障子に映った天蓋の影は、風向きとは無関係に時計回りにくるくると回転している。そんな狂騒の中でも、濱地は超然としていた。

「わたしの言葉を聞き入れたはずなのに、去らずにいるらしい。約束を守ってもらえなかったのは残念だし、自分の至らなさを反省するよ」

障子の奥から射す光の明滅が急になり、框に掛かった手は小刻みに痙攣《けいれん》しだす。ユリエは顔をそむけたくなるのを堪《こら》えて、眼前で展開するすべてを注視した。濱地の助手を自任するからには恐れてはいられない。

「寺男の名前は柘植吉弘といった。きみも知っている人物だよ」

はっとして振り返ると、濱地が柘植に歩み寄るところだった。

「そう、この人は三年前に死んでいる。今は実体のない影となって、生きている者を惑わすことを楽しむばかり」

「そう……なんですか？」

柘植は反論もせず、おろおろと立ち尽くしていた。

「志摩君、地面をよく見たまえ」

迂闊《うかつ》にも濱地が指差すまで気がつかなかった。度肝を抜くほどではないが、ただならぬものがある。いや、なくては理屈に反するものがない。

「彼は、足跡をつけずに泥濘《ぬかるみ》を歩いているじゃないか。生きている人間にはできない芸当だ。この者に命はない」

濱地は右手を斜め上方に振り上げたかと思うと、相手の頸部《けいぶ》に手刀をくれた。その手が柘植の首を刎《は》ねたように見えたのは錯覚で、手刀は頸部をすり抜けていた。一撃を受けたはずの柘植はきょとんとしている。

「ほら、このとおり。彼は列車で出会った時からずっと実体のない現象だった。きみのバッグをどうやって引くつもりだったんだろうね。まあ、引けたとしても、それだって現象だから驚きはしないが」

柘植は生きた人間ではなかった。ユリエには信じられない。これまでに接した霊的なものは、見るからにこの世のものではなかったのに。

「現われ方が違うだけで、どれもこれも同じなんだよ。きみが知らないことは、まだまだ多い。わたしだってこの広大無辺で意味不明の世界を丸ごと理解しているわけではないがね」

ただ一つ、腑《ふ》に落ちることがあった。列車の中での柘植と濱地のやりとり。

――また様子がおかしいんです。

――そのようですね。遠慮がちに話すあなたを見ただけで判りました。

その時は何も不審に思わなかったが、柘植の出現が怪異そのものだったから探偵はあんなふうに言ったのだ。

本堂から吹き出す風の強さが一定ではなくなり、不規則に乱れる。障子に映った天蓋の影は、右に左にと回転の向きを変えながら静止する気配なし。

「どれもこれも幻覚なんですか、先生？　本当は何も起きていない？」

幻覚だ、と濱地は答えてくれなかった。

「現実に起きていることなのか、感覚の錯誤にすぎないのか。さっきから言っているとおり、どちらにしても現象であることに変わりはないんだ。わたしは区別していない」

不意に本堂の屋根がせり上がるように見えた。不定形の黒い何かがもくもくと湧いてきて、瓦《かわら》の隙間から生えた雑草を押し倒して、屋根を包もうとしている。綿のような闇が本堂を食おうとしているのだ。

つまらなそうに眺めていることなど思いも寄らない。ユリエが取り乱さなかったのは、あまりのことに茫然《ぼうぜん》となっていたからにすぎなかった。

「……止めないんですか？」

柘植のしわざだとしたら、いつまでも傍若無人にふるまわせなくてもいいだろう。得体の知れない闇は屋根をすっぽり覆い、軒先からインクのように滴りかけている。空中で弾《はじ》けでもしたら自分の顔めがけて飛んできそうだ。

「そろそろ、かな」

濱地は腕時計を一瞥《いちべつ》する。帰りの列車の時刻を気にしているかのようだ。

すでに死んでいると探偵に言われた柘植は、生きているとしか思えない姿のまま立ち尽くしていた。わずかに戸惑いの表情を浮かべたまま。

「柘植さん。とくと拝見しました」

濱地は彼の正面に立ち、張りのある声を出した。気圧《けお》されているのか、相手は目を合わそうとしない。

「あなたは、これをわたしに見せたかったわけだ。わたしが近くまできていることを知り、列車の中まで迎えにきてくれた。奇特なことです」

粘着性の何かが揉《も》み合うような音に振り返ると、本堂からも闇がのたくり出ようとしている。框に掛かった手を呑み込んで縁側へたどり着いたそれは、視えないローラーで均《なら》したように広がる。ユリエは、その動きと濱地らを交互に見なくてはならない。

「もう充分ですよ。わたしも志摩君も、あなたが用意してくれたものを堪能《たんのう》しました。目的を達したあなたも満足しなくてはならない。幕を下ろして二度と上げない。今度こそ約束を守ってくれますか？」

二人は向き合っていたが、栢植の目は虚《うつ》ろで、どこにも焦点を結んでいない。濱地はそれでもかまわず続けた。

「よくお聞きなさい。わたしたちは帰り、ここへは戻ってこない。あなたもそうするんです」

栢植が反応を見せた。

「ここへは……もう戻ってこないんですか？」

「ええ。わたしに見てもらいたいからといって、怪しいことを起こされては探偵として立つ瀬がありません。ならば為《な》すべきことは一つ。何もしない。背中を向けてここから立ち去るのみです」

縁側にあふれた闇は表面張力で盛り上がったまま、その状態を保つ。柘植の判断を待っているのかもしれない。いつでも暴れる用意はできている、というふうに一部が泡立っている。

「依頼人による自作自演。今回はそういうケースだったわけだ。こういうこともあるんだよ、志摩君」

「覚えて……おきます」

言われずとも思い知らされた。

「さて、では帰るとしましょうか。永《なが》の別れ……ではなく、永遠のお別れです。あなたも行くがいい」

答えない柘植に念を押す。

「わたしだけではなく、志摩君も戻ってはこない。今度は彼女に狙いを定めよう、なんて料簡《りょうけん》は持たないことです。期待しても無駄ですから」

濱地が自分の鞄を取ったので、ユリエは離れたところで倒れていたキャリーバッグを起こす。どんな力が働いたのか、把手《とって》はほんのりと熱を帯びていた。

「では、行こう」

濱地は本堂の不可思議な有り様には目もくれずに歩きだし、ユリエはあとを追う。バッグが後ろから引き戻されそうになったが、彼女の足運びを阻むほど大きな抵抗ではなかった。

「さようなら」

前を見たまま、肩越しに告げる。

柘植が嗚咽《おえつ》しながら何か言ったような気がするが、風に掻《か》き消されてよく聞き取れなかった。

探偵と助手は黙々と歩き、今しがた見たものについて語らない。まだ終わっていない、という意識がユリエにはあった。柘植が必死の形相《ぎょうそう》で駆けてくるのではないか、奇怪な闇が津波となって追ってきたらどうしよう、と考えると走りだしたいほどだった。

「振り向かなければいいんだ。そんなに急がなくても大丈夫」

濱地が言ったのは、それだけ。駅が見えてきた時は、ほっとした。

駅舎のベンチに座って時計を見たら、列車の時刻まで五分しかない。そんなに時間が経っていたようには感じなかったのに、感覚が狂っている。

「ちょうどいい時間だろ。宿に着いたらすぐ夕食をとって、ゆっくりしよう。よくがんばった」

労《ねぎら》われるようなことはしていない。

「わたしはお役に立ちませんでしたけれど」

「見届けてくれるだけでよかったんだ。わたしだって何もしなかっただろう？　それが正しい対処だったんだ。わたしたちは、ここへは二度と戻らない」

「誰かの依頼を受けても、ですか？」

「そんな依頼はこないよ。柘植吉弘の未練は断ち切った。近くまできたからといって、あそこが今どんな様子か見に行こうとしたのがよくなかったんだ。三年前にきた濱地という探偵はまだ自分のことを気に掛けてくれているのか、と彼を喜ばせてしまったのは失敗だ。自作自演をしたのは彼ではなく、わたしだったのかもしれないね」

「ここを立ち去って二度と戻らない。それだけでいいんですね？」

「たったそれだけのことが最善なんだ。わたしはこれまで色んな手で事案を処理してきた。冷たい男を恨んでさまよう女性の幽霊に、おいしい料理をご馳走《ちそう》してお引き取り願ったこともあるんだ」

「それは冗談ですよね？」

　定刻にやってきた列車に乗り込むと、ユリエは座席に着いてぐったりとなりながらも、まだ警戒を解いていなかった。車内には地元の者らしい乗客が数人いるだけだが、どこからかまた柘植が乗り込んでくるかもしれない。次か、その次の駅あたりで。トンネルを通過する際は、暗い車窓に彼の顔が映りそうで、下を向いていた。

「あそこで視たものは現実ではなく、幻覚だったということにしておきます。それならば納得がいきますから」

俯《うつむ》いたまま、濱地に逆らうようなことを言ってしまう。

「とりあえず、きみが好きなように解釈してかまわないよ。納得がいかないことを無理やり頭に詰め込もうとしてはいけない。そんなことをしたって耳の孔から飛び出してしまう」

「引き返したら、あのお寺はどうなっているんでしょうか？」

闇に押し潰《つぶ》されて倒壊しているのか、何事もなく建っているのか？

「気になるようだが、確かめに戻ることはできない。もう列車がない——からではなく、そんなことをしたらまた怪異がぶり返してしまうからだ。世界に無用の混乱をもたらす」

「世界よりも先にわたしが混乱しているんですけれど」

額に手をやると、頭痛でもするのかと心配された。

「頭が痛いのではない？　だったらよかった。ひどく疲れたみたいだから、ゆっくり休んでいなさい。わたしは黙っていよう」

しゃべる気力もなくなったので、「そうします」と目を閉じたら、そのまま眠ってしまった。終点が近づいたところで濱地に声をかけられ、目が覚めた時は自分がどこで何をしているのか皆目判らなかった。

八時をとうに過ぎてから宿に入ったが、到着が遅い時間になることを事前に電話で伝えていたから、ちゃんと夕食が待っていた。海辺の町らしい新鮮な魚料理が美味で、それに舌鼓を打っているうちにユリエは元気を恢復《かいふく》した。

「先生、散歩に出てみませんか？　久しぶりに夜の海が見たい」

部屋で寛《くつろ》ぎたかったであろうに、ボスは助手の誘いを嫌がらず海岸への散歩に付き合ってくれる。手ぶらで宿を出て駅の反対側に歩いた。街灯が照らす道を行く人は、二人の他にはまったくいない。

ほんの二、三分もすると、海岸通りに出た。コンクリートの低い堤防がまっすぐに延び、遠くの沿道に飲食店のものらしき看板がいくつか光っているだけで、いたって殺風景でうら淋《さび》しい。

「どっちへ向かう？」

濱地に訊かれて左を選ぶ。少し行くと堤防に石段があった。上って向こう側に下りると砂浜になっていて、ユリエが見たいと言った夜の海が黒々と広がっている。

雲がまだ厚いのか、星も月もない空は漆黒の闇で、海と融け合っていた。沖に烏賊《いか》釣り船の明かりが点々とあるせいで、水平線がどのあたりかかろうじて見当がつく。

ユリエが波打ち際に歩きだしたら濱地もついてきた。渚《なぎさ》で立ち止まると砂を踏む音がやみ、聞こえているのは潮騒だけになる。列車の中で雨音を聞いて覚えた不安が、またユリエの中でざわざわと芽生えた。

「わたしに先生の助手が務まるでしょうか？」

どんな答えを期待するでもなく、探偵に尋ねた。

「そうしてくれると助かるんだが、嫌になったらいつ辞めてもかまわない。きみには選択の自由がある」

「務まるものなら助手のままでいたいんですけれど、さっきの寄り道のせいで自信が揺らいでいます。先生のそばで仕事を続けていたら、自分が生きている現実を見失ってしまいそうで……」

「現実と幻覚が同じだと言われたら、混沌《こんとん》に突き落とされたような気にもなるだろうね。わたしのそばにいたら、それはますます深まるかもしれない」

「辞めろ、という忠告ですか？」

「辞めないでいてくれると助かる、とわたしは言ったよ。きみが辞めたいのなら止めない、ということだ。これからは現場に出るのは控えて、デスクワークだけにしてもらってもかまわない」

「冒険ができなくなりますね」

「きみはこの仕事を冒険と捉《とら》えていたのか。ああ、そうだね。机に向かって事務仕事や電話の応対をするのは冒険的ではない」

「現場に出るのをやめたら、似顔絵の腕前も充分に発揮できなくなります」

「仕方がない」

波のざわめきが耳の奥まで入り込む。今夜はこの音のせいで眠れなくなるかもしれない。虚無的に暗い海を眺めながら、あえて不安を抱きしめてみる。

濱地に問いたいことができた。

「原子って、死ぬんでしょうか？」

「結合の形を変えるだけで死にはしないよ。もともとそれは命を持っていない」

「命を持っていないものが、結びつき方によって命という現象を生むんですね」

「そう。そのメカニズムを科学は解明しようとしているが、どこまで行っても最後には現象と呼ぶしかないものに突き当たることだろう」

「わたしも現象なんですね。こんなにしっかりと実在しているように思えるのに。痛みや苦しみを感じてばかりなのに」

「何でもかんでも現象の一語でまとめてしまうのに辟易《へきえき》したかな？　仏教だけが偉大なのではなく、人は昔から文化を超えて世界の実像に触れている。たとえば、ギリシャ語を語源とする英語の phenomenon は現象の意で、natural phenomenon は自然現象だけれど、phenomenon という単語は信じられない驚異的なものを指す。ほら、現象という言葉はすべてを包含している」

「何もかもが現象の一語で片づけられて、どんな理屈で動いているのかも判らない世界で、探偵なんてできるんでしょうか？　生きている人と死んでいる人の見分けもつかない世界で」

「やってきたし、これからもする。見くびってもらっては困るな。もう忘れたのかね？　わたしのことを『世界で一番タフな探偵』と呼んだのは、他ならぬきみじゃないか」

大きな波がやってきて、ユリエのパンプスを濡らした。秘密に満ちた世界に、長い舌でなめられたような気がする。

「……わたしって、本当にいるんでしょうか？　先生だって怪しい。幻覚かどうか、試してもいいですか？」

相手が頷いたので、さっき濱地がしたように手刀を振り上げ、ほとんど手加減せずその肩口に下ろす。彼は確かにいた。

「失礼」

紳士的なボスはそう断わりながら右手を伸ばして、ユリエの肩に手を置こうとする。もしも、その手がすっと通り抜けたらショックで気絶してしまう、という恐怖で鳥肌が立ったが——。

ユリエもそこにいた。

あとがき

本書は、怪談専門誌『幽』に連載したシリーズ短編をまとめたもので、私にとっては三冊目の怪談集にあたる。……と書いた途端に、「この本を怪談集と呼んでいいのか？」と自問してしまうが、それはひとまず棚上げして、こんな作品を書いた経緯を記す。

〈鉄道〉をモチーフにした『赤い月、廃駅の上に』、大阪の〈天王寺七坂〉を舞台に揃えたいわゆる〈ふるさと怪談〉の『幻坂』を上梓《じょうし》した後、次のシリーズの連載を請われた時、今度はどんなテーマでいくか迷い、どうしたものかと思案した。

そこでふと思い出したのが、九編を収録した『幻坂』のうち二編（「源聖寺坂」と「天神坂」）で顔を出す心霊探偵の濱地健三郎だ。「源聖寺坂」を書いた時点では一回きりのキャラクターのつもりだった（なので名前もあれこれ迷わず無造作につけた）のだが、「天神坂」を書く際、彼を出せば書ける話を考えついたせいで予期せぬ再登場となった。それぞれの短編で役目を果たしてもらい、お役御免のつもりでいたところ、同書をお読みになった何人かの方から「また濱地の物語が読みたい」との感想をいただき、作者としては意外の感を抱きつつ、内心「それはありません」と思っていたのだが――。

濱地は、まだまだ他にも使いようがあるかもしれない。心霊探偵という肩書はフィクションの世界ではさほど珍しくもないもので、オカルト探偵や幽霊狩人など呼び名は様々だが、十九世紀後半から現在に至るまで系譜が連なっている。そこへ今さら……とためらいながらも、自分なりのアプローチで書けるものがあるのではないか、と考えているうちに興味がふくらみ、このような形にまとまった次第である。

ふだん私が書いている本格ミステリは超自然的なものを絶対的に否定するが、幽霊やゾンビが実在したり時間や空間が特異な法則で歪《ゆが》んだ世界を舞台にしたりする〈特殊設定もの〉がある。私が目指したのは、そのように怪談やSFを利用したミステリではなく、ミステリの発想を怪談に移植した上で、両者の境界線において新鮮な面白さを探すことだった。

本書をもって書き尽くせたとも思えないので、今後も探求を続けていきたい。

この物語にどんな表紙が似合うのか想像がつきかねていたところ、観る者を存在の深みに導くかのようなササキエイコさんのイラストを装丁《そうてい》の鈴木《すずき》久美《くみ》さんがデザインし、「あっ」という驚く素晴らしいものになりました。感激と感謝しかありません。

『幽』誌の東雅夫《ひがしまさお》編集顧問、連載時から単行本化までお世話になったKADOKAWA第一編集部の光森優子《みつもりゆうこ》さんにも篤《あつ》く御礼申し上げます。

そして、お読みいただいた皆様、ありがとうございます。

二〇一七年六月二十六日

有栖川有栖

文庫版あとがき

聞き慣れない言葉を題名につけてしまったので、遅れ馳《ば》せながらここでご説明すると、〈霊《くしび》なる（霊びなる）〉とは、〈不思議な・霊妙な〉といった意である。

この年齢不詳の奇妙な探偵の物語はさらに続いており、本書が出てほどなく第二集を上梓《じょうし》する予定だ。それで打ち止めでもなく、単行本時のあとがきに書いた「新鮮な面白さを探す」ことを、なおしばらく継続したい。超常現象を使った特殊設定ミステリになってしまわないようにするのが悩ましいこともあるが、あれこれ模索しながら書くのも楽しい。

余談を一つ。

濱地の探偵事務所がビルの二階にあるのは、十一歳の頃に憧れたシャーロック・ホームズ（アパートに下宿し、二階の居間で依頼人と応対する）に倣ってのこと。あまりにホームズがカッコいいので真似《まね》をして小説を書き始めたほどだ。遊びで書いたその小説の主人公は頭脳明晰《めいせき》な私立探偵で、ビルの二階に事務所をかまえていた。そこは模倣せずにいられないところだったのだが――。

二十九歳でデビューし、作家として三十年以上やってきた私はずっとミステリを書いてきたのに、大学生や犯罪学者らを〈名探偵〉として起用したため、事件の依頼人が階段を上って探偵の事務所にやってくる、というシーンを描いたことがなかった。ミステリにあらざる濱地シリーズでやっと書けるようになったわけで、随分と時間がかかった。「これが書きたくて小説家ごっこを始めたんだったなぁ」と懐かしさを感じている。

文庫化にあたり、このシリーズにぴったりの魅力的な表紙を大路《おおじ》浩実《ひろみ》さん（志摩ユリエになりきって、ボスを妖しく描いてくれました。大路さんの絵です）が与えてくださり、解説は「ぜひとも」と希望した朝宮運河《あさみやうんが》さんにお書きいただけて、まことに幸甚です。

また、光森優子さんには、単行本から引き続きご担当いただき、濱地やユリエも喜んでいます。

二〇二〇年一月十二日

有栖川有栖

解説

朝宮《あさみや》運河《うんが》（書評家）

本書『濱地健三郎の霊《くしび》なる事件簿』は、怪談専門誌『幽』に連載された心霊探偵・濱地健三郎《はまじけんざぶろう》シリーズの短篇七作を収めた作品集である。

『幽』は、アンソロジストの東雅夫《ひがしまさお》が編集長（後に編集顧問）を務めていたユニークな文芸誌で、二〇〇四年の創刊から約一五年にわたり、平成後期の怪談ブームを下支えした存在だった。綾辻行人《あやつじゆきと》、小野不由美《おのふゆみ》ら人気作家が寄稿したことでも知られ、同誌の連載からは多くのヒット作・話題作が生まれている。

本書の著者、有栖川有栖も『幽』のオファーに応じて、怪談を手がけるようになった一人である。『幽』三号（〇五年）掲載の「夢の国行き列車」を皮切りに、ほぼ毎号にわたって恐怖と幻想のツボを押さえた秀作を発表、怪談愛好家を狂喜させた。本格ミステリの第一人者である著者は、怪談のこよなき理解者であり、また優れた実作者でもあったのだ。

古今東西の鉄道をモチーフに、旅情と怪奇を融合させた鉄道怪談集『赤い月、廃駅の上に』。大阪に実在する天王寺《てんのうじ》七坂を舞台に、ノスタルジックな幻想を綴った大阪怪談集『幻坂』（ともに角川文庫）。これらの作品をリアルタイムで読んでいた私は、一作ごとに新しい世界を切り拓いてゆく著者の姿に、心底興奮させられたものである。

そして『幽』二一号（一四年）から、濱地健三郎を主人公とする本シリーズの連載がスタートする。前作『幻坂』にさりげなく登場していたダンディな心霊探偵が、新シリーズの主役となった経緯については、本書のあとがきに記されているとおり。

ところで「怪談」の二文字に思わず身をすくめてしまった方のために慌てて説明しておくと、著者の怪談は決してどぎつい怖さを前面に押し出したものではない。むしろ叙情性や美しさ、幻想性を感じさせる作品が大半なので、怖いものが苦手という方もどうか安心して本篇のページを開いていただきたい。

濱地健三郎は、新宿の古びたビルの二階に事務所を設ける心霊探偵。黒髪をオールバックに撫でつけ、仕立てのいいスーツに身を包んだ二枚目だ。そんな彼のもとを訪ねるのは、現代科学では割り切れない現象に悩まされている人々。時には警視庁捜査一課の刑事が、事件解決の糸口を求めてドアをノックすることもある。

思わずにやりとしてしまうほど、古典的かつ王道なスタイルの私立探偵だ。デビュー以来、火村英生《ひむらひでお》と江神二郎《えがみじろう》という二大人気キャラクターを中心に、数多くの本格ミステリを執筆してきた著者だが、ここまで〝いかにも〟な名探偵を描いたのはおそらく初めてだろう。年齢不詳で（三十代にも五十代にも見えるという）プライベートが謎に包まれた濱地のキャラクターは、アンティークな佇まいの事務所同様、この世とあの世、現実と非現実の境界線を辿るような本シリーズの雰囲気にぴったりはまっている。

この濱地が、死者の霊を視たり感じたりする力と卓越した推理力を駆使し、さまざまな「霊なる」（不思議な、霊妙な）事件を解決してゆく、というのが本シリーズの基本設定である。たとえば巻頭作「見知らぬ女」では、寝室で女の幽霊を目撃した小説家の妻・多歌子《たかこ》が、夫に悪いものが憑いているのではないかと心配し、事務所を訪ねてくる。浮気癖がある夫の貢司《こうじ》は複数の女性と関係をもっているが、多歌子が目撃した幽霊の顔には心当たりがない。真相を探るべく、濱地は似顔絵が得意な助手・志《し》摩《ま》ユリエとともに、聞き込みを開始する。

霊感のある私立探偵を主人公にしたことで、濱地シリーズはこれまでの有栖川怪談と比べても格段にミステリ色の濃い作品となった。本書中でも言及されているとおり、一般的な怪談において幽霊がはっきり口をきき、自分がさまよっている理由を説明することはまずない。物言わぬ幽霊を目にした濱地は、その外見や様子を手がかりに、おのずと推理を巡らせることになる。

迷える死者たちの姿を描いた怪談に、ミステリらしい謎と論理の面白さを取り入れたところに、濱地シリーズの特色がある。怪談としてもミステリとしても楽しめる、というのは当節やや使い古された惹句だが、このシリーズに関しては最適の表現だろう(より正確を期すなら、ミステリ的興趣も味わえる怪談、だろうか)。「見知らぬ女」で濱地はいかにも推理小説的なロジックによって、幽霊が貢司に取り憑いている理由を明らかにしてみせる。

七篇の収録作がバラエティに富んでいるのは、この怪談とミステリのブレンド具合が一作ごとに異なるからだ。たとえば女性フリーライター殺害・死体遺棄事件を扱った「黒々とした孔《あな》」。遺族の依頼で事件を調査することになった濱地と、奇妙な幻覚に悩まされている犯人の視点を交互に描いたこの作品では、読者に伏せられていた情報がラストで開示され、ぞっとする真相が立ち現れる。

あるいは、殺人事件の被疑者が同時刻、二つの場所で目撃されていたというミステリでおなじみの謎を扱った「分身とアリバイ」。生霊の仕業ではないかという可能性を退けながら、アリバイ崩しと怪談を巧みに絡めている。その他の四篇も随所にきらりと光る展開があり、いずれも甲乙つけがたい。今回この解説を書くにあたって個人的ベストスリーを選出しようと考えていたが、読み返すたびに順序が入れ替わるので結局諦めてしまったほどだ。

また、シリーズ全体の魅力として見逃すことができないのが、濱地とユリエの掛け合いに代表される上品なユーモアである。「先生は偉い。とても偉いからコーヒーをお淹れしましょうか？」や「野暮な進言ながら、スカートの丈はあと二センチ長くてもいいと思うけれどね」といった微笑ましいやり取りが、シリアスになりがちな物語にほどよい軽みを与えている。怪奇性と論理性、そしてユーモアがあるべき場所にしっくり収まった濱地シリーズは、一度読み出すといつまでもこの世界に浸っていたい、と感じさせる心地よさがある（西岸良平《さいがんりょうへい》の名作漫画『鎌倉ものがたり』によく似た心地よさを感じるのは、私だけだろうか）。

ところで、本シリーズにおいて著者はなぜ、怪談とミステリを共存させようと考えたのだろう。もちろん第一には、ミステリ的着想を怪談に移植することで「新鮮な面白さ」（「あとがき」）を探ろうという狙いがあったからに違いない。長年培ってきたミステリ作家としての技量を怪談ジャンルに持ち込んだらどうなるか、という職業作家としての興味もあったはずだ。

しかし理由はそれだけではない気がする。怪談とミステリは著者の中で、どうやら分かちがたく結びついているらしいのだ。ミステリ小説界における盟友で、『幽』の連載作家仲間でもあった綾辻行人との対談において、著者はこう発言している。

死んだ人に会いたい、声を聞きたいというのは人間の根源的な願いです。だから死者を描いた怪談は世界中で書かれ、読まれている。単なるエンターテインメント以上の意義を持っているんだと思います。一方、ミステリの世界では、死者には絶対に会えない。でも幽霊がいないんだったら、推理すればいい。そうすれば死者に届くかもしれない。怪談もミステリも根元のところは一緒なんだ、ということに気づいたんですよ。

（「綾辻行人×有栖川有栖　怪談でしか書けないこと」『幽』三〇号・一八年）

非合理に立脚する怪談と、基本的に非合理を認めないミステリ。一見正反対を向いているかのように思えるふたつのジャンルは、死者に思いを寄せるというベクトルにおいて重なり合っているのだ。著者がこう考えるようになったのは、多くの犠牲者を出したあの東日本大震災がきっかけだったという。震災から約三年を経てスタートした濱地シリーズにも、こうした著者の怪談観・ミステリ観は投影されているだろう。怪談とミステリの共存は、ある意味必然的な流れだったのではないか。

怪奇幻想小説のジャンルでは、濱地のような心霊現象専門の探偵を〈ゴーストハンター〉と呼ぶことがある。しかし濱地は決して幽霊を退治しない。死者の声なき声に耳を傾け、その思いを受け止めることで、心霊現象を終息させる。

足を踏み入れた者たちが次々と気を失う空き家の怪を扱った「気味の悪い家」。幸せなカップルに取り憑いた亡霊のために濱地が一計を案じる「あの日を境に」。屋敷内をさまよい歩く死者の執着が描かれる「霧氷館の亡霊」。これらの収録作を読めば、濱地がときに優しくときに厳しく、幽霊たちの思いに応えているのが分かるはずだ。その横顔はハンターというより、むしろ頼りがいのある名医やセラピストに近い。

巻末に据えられた「不安な寄り道」は、そんな濱地シリーズの核にあるものをさりげなく示してくれる傑作だ。安らがぬ死者との旅先での遭遇を描き、夢幻能の構成を思わせるこの作品において、ユリエはふと不安に駆られてしまう。生者と死者、現実と幻覚の区別がつかないあやふやな世界の中で、探偵をすることなど可能なのだろうか、と。その問いに対して、濱地はできる、と答えている。

この「不安な寄り道」を『幽』誌上で初めて読んだ際、なぜ濱地シリーズがこうまで私の心を惹きつけるのかが理解できた気がした。この世で生きる者にとって、死後の世界は永遠の謎である。自分は死んだらどうなるのか。天災や事故で突如命を奪われた人たちはどこへ行ってしまったのか。人間が生前抱いていた思いは、死と同時に消えてしまうものなのか——。

心霊探偵・濱地健三郎は、そんな私たちの根源的な不安を、和らげてくれるヒーローなのだと思う。スーツに身を包んだ濱地が颯爽と登場し、死者の声に耳を澄ませながら、難事件を解決してゆく姿は、私たちに「命は消えても、思いは残るのだ」と教えてくれる。死者に寄り添い、思いを馳せるエンターテインメント。本書は『赤い月、廃駅の上に』『幻坂』と書き継いできた著者だからこそ到達できた、珠玉の怪談小説集なのだ。

本書の文庫化をきっかけに、著者の怪談系作品にあらためて注目が集まることを、創刊以来『幽』に携わってきたライターとしては願わずにいられない。そして著者・有栖川有栖さんには、「この心躍るシリーズをいつまでも書き継いでください」とこの場を借りてお伝えしておきたい。

本書は、二〇一七年七月に小社より刊行された
単行本を、加筆修正の上、文庫化したものです。

濱地《はまじ》健三郎《けんざぶろう》の霊《くしび》なる事件簿《じけんぼ》

有栖川有栖《ありすがわありす》

令和2年 2月25日 初版発行
令和2年 3月15日 再版発行

発行者●郡司 聡

発行●株式会社KADOKAWA
〒102-8177 東京都千代田区富士見2-13-3
電話 0570-002-301（ナビダイヤル）

角川文庫 22030

印刷所●旭印刷株式会社
製本所●本間製本株式会社

表紙画●和田三造

ISBN 978-4-04-108322-2 C0193

角川文庫発刊に際して

角川源義

第二次世界大戦の敗北は、軍事力の敗北であった以上に、私たちの若い文化力の敗退であった。私たちの文化が戦争に対して如何に無力であり、単なるあだ花に過ぎなかったかを、私たちは身を以て体験し痛感した。西洋近代文化の摂取にとって、明治以後八十年の歳月は決して短かすぎたとは言えない。にもかかわらず、近代文化の伝統を確立し、自由な批判と柔軟な良識に富む文化層として自らを形成することに私たちは失敗して来た。そしてこれは、各層への文化の普及滲透を任務とする出版人の責任でもあった。

一九四五年以来、私たちは再び振出しに戻り、第一歩から踏み出すことを余儀なくされた。これは大きな不幸ではあるが、反面、これまでの混沌・未熟・歪曲の中にあった我が国の文化に秩序と確たる基礎を齎らすためには絶好の機会でもある。角川書店は、このような祖国の文化的危機にあたり、微力をも顧みず再建の礎石たるべき抱負と決意とをもって出発したが、ここに創立以来の念願を果すべく角川文庫を発刊する。これまで刊行されたあらゆる全集叢書文庫類の長所と短所とを検討し、古今東西の不朽の典籍を、良心的編集のもとに、廉価に、そして書架にふさわしい美本として、多くのひとびとに提供しようとする。しかし私たちは徒らに百科全書的な知識のジレッタントを作ることを目的とせず、あくまで祖国の文化に秩序と再建への道を示し、この文庫を角川書店の栄ある事業として、今後永久に継続発展せしめ、学芸と教養との殿堂として大成せんことを期したい。多くの読書子の愛情ある忠言と支持とによって、この希望と抱負とを完遂せしめられんことを願う。

一九四九年五月三日

角川文庫ベストセラー

ダリの繭《まゆ》　有栖川有栖

サルバドール・ダリの心酔者の宝石チェーン社長が殺された。現代の繭とも言うべきフロートカプセルに隠された難解なダイイング・メッセージに挑むは推理作家・有栖川有栖と臨床犯罪学者・火村英生！

海のある奈良に死す　有栖川有栖

半年がかりの長編の見本を見るために珀友社へ出向いた推理作家・有栖川有栖は同業者の赤星と出会い、話に花を咲かせる。だが彼は〈海のある奈良へ〉と言い残し、福井の古都・小浜で死体で発見され……。

朱色の研究　有栖川有栖

臨床犯罪学者・火村英生はゼミの教え子から2年前の未解決事件の調査を依頼されるが、動き出した途端、新たな殺人が発生。火村と推理作家・有栖川有栖が奇抜なトリックに挑む本格ミステリ。

ジュリエットの悲鳴　有栖川有栖

人気絶頂のロックシンガーの一曲に、女性の悲鳴が混じっているという不気味な噂。その悲鳴には切ない恋の物語が隠されていた。表題作のほか、日常の周辺に潜む暗闇、人間の危うさを描く名作を所収。

暗い宿　有栖川有栖

廃業が決まった取り壊し直前の民宿、南の島の極楽めいたリゾートホテル、冬の温泉旅館、都心のシティホテル……様々な宿で起こる難事件に、おなじみ火村・有栖川コンビが挑む！

角川文庫ベストセラー

壁抜け男の謎　有栖川有栖

犯人当て小説から近未来小説、敬愛する作家へのオマージュから本格パズラー、そして官能的な物語まで。有栖川有栖の魅力を余すところなく満載した傑作短編集。

赤い月、廃駅の上に　有栖川有栖

廃線跡、捨てられた駅舎。赤い月の夜、異形のモノたちが動き出す——。鉄道は、私たちを目的地に運ぶだけでなく、異界を垣間見せ、連れ去っていく。震えるほど恐ろしく、時にじんわり心に沁みる著者初の怪談集！

小説乃湯　お風呂小説アンソロジー　有栖川有栖

古今東西、お風呂や温泉にまつわる傑作短編を集めました。一入浴につき一話分。お風呂のお供にぜひどうぞ。熱読しすぎて湯あたり注意！　お風呂小説のすばらしさについて熱く語る!?編者特別あとがきつき。

幻坂　有栖川有栖

坂の傍らに咲く山茶花の花に、死んだ幼なじみを偲ぶ「清水坂」。自らの嫉妬のために、恋人を死に追いやってしまった男の苦悩が哀切な「愛染坂」。大坂で頓死した芭蕉の最期を描く「枯野」など抒情豊かな9篇。

怪しい店　有栖川有栖

誰にも言えない悩みをただ聴いてくれる不思議なお店〈みみや〉。その女性店主が殺された。臨床犯罪学者・火村英生と推理作家・有栖川有栖が謎に挑む表題作「怪しい店」ほか、お店が舞台の本格ミステリ作品集。

角川文庫ベストセラー

最後の記憶　綾辻行人

脳の病を患い、ほとんどすべての記憶を失いつつある母・千鶴。彼女に残されたのは、幼い頃に経験したというすさまじい恐怖の記憶だけだった。死に瀕した彼女を今なお苦しめる、「最後の記憶」の正体とは？

眼球綺譚　綾辻行人

大学の後輩から郵便が届いた。「読んでください。夜中に、一人で」という手紙とともに、その中にはある地方都市での奇怪な事件を題材にした小説の原稿がおさめられていて……珠玉のホラー短編集。

殺人鬼 ——覚醒篇　綾辻行人

90年代のある夏、双葉山に集った〈TCメンバーズ〉の一行は、突如出現した殺人鬼により、一人、また一人と惨殺されてゆく……いつ果てるとも知れない地獄の饗宴。その奥底に仕込まれた驚愕の仕掛けとは？

殺人鬼 ——逆襲篇　綾辻行人

伝説の『殺人鬼』ふたたび！……蘇った殺戮の化身は山を降り、麓の街へ。いっそう凄惨さを増した地獄の饗宴にただ一人立ち向かうのは、ある「能力」を持った少年・真実哉！……はたして対決の行方は?!

Another (上)(下)　綾辻行人

1998年春、夜見山北中学に転校してきた榊原恒一は、何かに怯えているようなクラスの空気に違和感を覚える。そして起こり始める、恐るべき死の連鎖！名手・綾辻行人の新たな代表作となった本格ホラー。

角川文庫ベストセラー

豆腐小僧その他　京極夏彦

豆腐小僧とは、かつて江戸で大流行した間抜けな妖怪。この小僧が現代に現れての活躍を描いた小説「豆富小僧」と、京極氏によるオリジナル台本「狂言 豆腐小僧」「狂言新・死に神」などを収録した貴重な作品集。

幽談　京極夏彦

本当に怖いものを知るため、とある屋敷を訪れた男は、通された座敷で思案する。真実の〝こわいもの〟を知るという屋敷の老人が、男に示したものとは。「こわいもの」ほか、妖しく美しい、幽き物語を収録。

冥談　京極夏彦

僕は小山内君に頼まれて留守居をすることになった。襖を隔てた隣室に横たわっている、妹の佐弥子さんの死体とともに。「庭のある家」を含む8篇を収録。生と死のあわいをゆく、ほの瞑（ぐら）い旅路。

眩談　京極夏彦

僕が住む平屋は少し臭い。薄暗い廊下の真ん中には便所がある。夕暮れに、暗くて臭い便所へ向かうと――。暗闇が匂いたち、視界が歪み、記憶が混濁し、眩暈をよぶ――。京極小説の本領を味わえる8篇を収録。

旧談　京極夏彦

夜道にうずくまる女、便所から20年出てこない男、狐に相談した幽霊、猫になった母親など、江戸時代の旗本・根岸鎮衛が聞き集めた随筆集『耳嚢』から、怪しい話、奇妙な話を京極夏彦が現代風に書き改める。

角川文庫ベストセラー

鬼談
京極夏彦

藩の剣術指南役の家に生まれた作之進には右腕がない。その腕を斬ったのは、父だ。一方、現代で暮らす「私」は見てしまう。幼い弟の右腕を摑み、無表情で見下ろす父を。過去と現在が交錯する「鬼縁」他全9篇。

もしもノンフィクション作家がお化けに出会ったら
工藤美代子

『悪名の棺　笹川良一伝』などで知られるノンフィクション作家の日常は怪談だった！　衝撃の文豪怪談実話「三島由紀夫の首」ほか怪談専門誌『幽』連載エッセイをまとめた一冊が待望の文庫化。解説・角田光代

怖い顔の話
工藤美代子

霊感は強くないはずだけれど、好奇心は人一倍！　著者の周りで日常的に起きているちょっと変な出来事を、特有の飄々とした筆致で描きだすじわじわ怖い怪談エッセイ。山田太一氏、荒俣宏氏との対談も収録。

ふちなしのかがみ
辻村深月

冬也に一目惚れした加奈子は、恋の行方を知りたくて禁断の占いに手を出してしまう。鏡の前に蠟燭を並べ、向こうを見ると――子どもの頃、誰もが覗き込んだ異界への扉を、青春ミステリの旗手が鮮やかに描く。

本日は大安なり
辻村深月

企みを胸に秘めた美人双子姉妹、プランナーを困らせるクレーマー新婦、新婦に重大な事実を告げられないまま、結婚式当日を迎えた新郎……。人気結婚式場の一日を舞台に人生の悲喜こもごもをすくい取る。